西子灣夕照／羅世煌攝影

# 港邊少年

方秋停——著

CONTNETS

【推薦序】

# 南方的詠嘆

張經宏

說到高雄海邊，我幾次聽人說過這個故事（版本有彌陀海邊，也有梓官或旗津）：半夜走私船一靠岸，遭警察攔住，東西扣了警車開走。事實上那些警察是同夥假扮的，服裝、槍枝、車輛等「道具」一應俱全。有一回來接應的「警車」跑錯邊，硬要把別人家的貨掠走，兩派擦槍走火，把真的警察惹出來，事情才曝光。

「這麼大的事，新聞沒播？」

「很大的事？」友人說：「在地人倒不這麼覺得。為什麼新聞沒播，那就不知道了。」

關於南方，關於高雄，還有許多我們不知道的事。

友人秋停這回寫了篇以高雄海邊為背景的中篇小說。近幾年慣讀秋停的散文，深喜其沉穩安靜、疏密有致的鋪敘情境，《港邊少年》將這份筆調帶進蒸鬱潮濕的南方，書寫的溫柔與偏於剛性的風土像潮汐交會，這種和現實相互映照而生的趣味，是我在閱讀時經常浮現的印象。

整本小說沒有太複雜的情節，柴山、西子灣、旗津等處，隨意點染即是風景。散文寫手的精彩本色，俯拾可見。作者也展現了博識多聞的功夫，地景民俗、草木蟲魚與生活日常的細節，藉人物情節穿針引線，層層鋪疊出生動的氣韻，尤其在飲食料理的刻畫上，讓整個南方的氣味顯得豐贍迷人，可見除了生活的累積（近年秋停的筆頗勤於砧板鍋碗、市場餐廳等處來回），在觀察與資料的採集上也做足了功課。凡此類屬於下筆的前置作業——實地的查考訪談或想像彌縫的種種，若失去剪裁之功，有可能成為資料堆砌、一落筆數十萬言的「寫到飽」帳冊，然這本小說的筆墨典雅而節制，方言的運用典雅醇熟，細味之皆有憑據，以此來勾勒角色的情感與命運，從人間的煙火氣中娓娓道出生活的無奈，也演繹了人情的溫厚可親，有些地方竟近於詩歌的詠歎了。

整體而言，小說的基調並不走知性探索、批判的路線，而是偏向感受、感性的鋪陳。如主張與建人工岬角的教授與環保團體、居民之間的抗爭，此一議題背後彰顯的諸多可能（自然與歷史、或人性與權力等等的複雜面向），作者除了冷靜地刻劃抗爭者的背影與旗幟，也勾掘了教授的寂寞身影，且留下耐人尋味的疑問與探問。讀者於這些事件的描摹背後，當可咀嚼出更豐富的餘味。

張經宏　創作以散文、小說為主。著有小說《摩鐵路之旅》、《好色男女》；散文《晚自習》、《雲想衣裳》等。

【自序】

# 為愛寫出的海洋風景

方秋停

生於南臺灣，兩腳踩上鐵馬輕易便到了海邊。看沙灘連綿，白花鬼針草混著馬鞍藤蔓生視野，木麻黃、銀合歡於風中呼呼挺長。港灣前泊停著船隻，漁船出港進港、船夫漁民穿晒著陽光，一張張抹鹽神情深深映入腦海。之後負笈北上甚或遠渡重洋客居佛羅里達州，眼眸心裡始終惦記著家鄉的海邊。對我而言，生命是一次次親海、遠離復又回返的情節。

之前父親喜歡帶我到漁港，看漁船靠岸，自海上取回的魚蝦堆疊地上，小販熱烈叫賣，周遭瀰漫富足嘈雜氛圍。自小便聽聞各種海上傳奇——關於海神、惡靈，風浪與生死間的拉扯、海陸間不可思議卻隱然持續的現象。大海讓人感覺熟悉卻又神祕，討海人立足船上與命運拼搏，船為家當，海是養家活口的資源，靠海村落廟宇林立，處處顯現漁民對平安生存的祈求，那一幕幕海景及良善心情，一直存在印象裡頭。

大海牽引，思緒接連著筆心，一九九七年自美返臺後致力於鄉鎮書寫，留心鄉土文化的演變，海景與漁民處境自然成為我書寫的重要內容。從〈烏魚港〉、〈大船入港〉到〈茄萣海邊〉，我寫海、關心海的事情，一波波海浪便於字裡行間湧動不已。二〇一二年秋天Kyle至高雄求學，西子灣更成我心繫念並常往返之地。灣前的夕照與日出、颱風時燈塔堤防前突然激起的瘋狗浪、海底多杯孔珊瑚礁、海蝕沙灘、柴山地層陷落，以及那一波波接連湧來的觀光人潮及環境保護難題……漁船退場、失蹤的魚，人與自然如何相依共存的問題，《港邊少年》便在我對海的依戀與憂心下成形。

小說中少年阿慶對海有著天生眷戀，矢志日後要出海捕魚，卻遭父親大隆極力反對；中山大學學生志祐和他的指導教授致力挽救海蝕嚴重的堤岸，人工岬角的興建卻引來環保團體和居民抗議，爆發一場又一場激烈爭執。現實與理想相左，海陸消長，人的意識與力量該如何施放？

故事主要呈現漁民及沿海環境問題，結合地景書寫，並加入船精靈的想像以及親情與愛的發展。阿滿姨對大隆有情有義，志祐對小紋一往情深，戀情於艱苦環境下滋生，為困頓命運彎轉出希望；至於柴山獼猴與大學生阿猴的互動、天后宮前美猴王大鬧海龍宮的戲碼，則為嚴肅的環保主題增添輕鬆趣味。

附錄一〈港邊鐵匠〉為二〇一一年打狗鳳邑文學獎的優選作品，故事中少年阿祥亦對出海捕魚深切嚮往，而父親阿龍師執意要他繼承打鐵工作；進仔不想出海卻被迫上船，港邊少年的理想及漁民共同面對的命運，於一場盛大祈福法會中顯出。

另一篇〈媽祖魚〉為同年臺南文學獎得獎作品，透過媽祖魚的受難呈現海洋問題——人工浮礁與底拖漁船的對比，新進海洋護育計畫及傳統信仰、觀念間的差異，海與岸，承載、翻湧各式各樣的衝擊。

三篇作品自不同角度切入海的主題，憂與喜，明亮和晦暗，盼為我們的島嶼增添一片值得觀察、品味的海景。

感謝高雄文化局提供書寫及出版機會，我長久來對海港的一片深情才得結集，與人分享。也謝謝經宏幫忙寫推薦序、中山大學攝影社同學及夫婿、Kyle提供圖檔，為本書增色不少。

二〇一五年三月

西子灣燈塔堤岸夕釣
／呂易如攝影

旗津渡輪
／羅有隆攝影

旗津渡輪碼頭
／鄭元博攝影

第一章

# 夜釣迷航

# 1-1 漁港停車場

星期五下午，阿慶與志祐約好在鼓山漁港停車場見面，碼頭前人車聚集，摩托車發出賁賁聲響，魚腥和油臭混雜，三五艘近海漁船停泊，幾堆零星的小魚散布地上。全叔和幾個老漁夫嘴叨著菸蹲在一起聊天，阿慶和志祐穿繞其中，一隻寄居蟹自魚堆中爬出，眼尖的阿慶一手將牠抓在手上，伸手欲將殼裡的蟹拉出，蟹兒急忙躲藏。鄰近老婦人前來，見船載回來的魚越來越小，忍不住抱怨了起來：「掠這魚遮小尾，恁是在講耍笑抑是在掠心酸的？」

全叔不作回應，任白煙氤氳嘴和鼻孔。

阿慶帶志祐到他經常逗留的釣點，指著前方說：「那裡之前有好大一個魚窟，真的。」

志祐瞪大眼睛半信半疑。

阿慶忍不住繼續說：「早幾年前這附近魚很多，魚和我默契超好，一根釣竿一把撈子，隨便抓隨便釣都有。」阿慶眼底閃出光采，手上的寄居蟹跟著探出頭來……這時幾輛機車扯開喉嚨呼嘯而過，一條條黑煙於鹹潮空氣中慢慢化開，寄居蟹又將身體縮藏起來。

第二船渠前棲停一艘艘近海船隻，低矮房舍沿著河道排開，騎樓向著馬路，阿慶指著身邊的街道說：「我爸說哈瑪星這一帶以前都是海，是日本人填築出來的海埔地。」

志祐點了點頭，看著向前延伸的船渠，身體不覺隨泊停船隻晃動起來……陽光抹鹽迎面晒來，一條條密集巷道交錯並排各種人生，志祐每回向夏令營的小朋友說：「我們現在腳下所站的以前都是海……」小朋友一臉茫然，彷在叫嚷著：「怎麼可能！」

怎麼可能？而它確實發生！中山大學校門前定沙工程正在進行，堤防往前推，浪潮一波波，海與岸正在拔河。經由濱海一路轉鼓波街，代天府屹立路邊，敞開雙臂接納並守護著過往的善男信女。

「我爸說以前這裡是沙灘，他說一直以來，人向海討生活，海——是海港人的依靠。」說起這段歷史，阿慶如數家珍，彷似述說親眼目睹的巷口故事。蟠桃大廟殿香爐烘烘暖熱，近百年的虔誠一路燃燒，從大爐分到各戶人家裡。會青龍王綠著一張臉，雄糾糾氣宇軒昂，紙雕龍王則自天空降下，兩隻眼睛如熾亮的燈泡……過水廊間及龍柱上迂迴著九曲黃河陣，志祐彷彿聽聞一波波潮浪湧起，吳府千歲及池府千歲聯手庇佑，潮水遠去，魚蝦馴服，波波海浪成為一條條街巷……眼前巷子兩邊停滿機車，牆對著窗，走著繞著彷如迷宮。

「我家就在前頭！」阿慶兩腳滑溜，啪啪便前進好一段路，志祐跟著他穿進一條小巷子，矮屋夾擠在兩邊的三層樓房當中，推開門，志祐跟著阿慶走了進去，昏暗中只見屋內擺著幾件桌椅，神明桌安放角落，一婦人裝框照片棲息牆上。

屋裡有股潮霉氣味，自屋內望出，前院一片敞亮，阿慶和志祐走了出去，幾塊長滿青苔的石頭和看似自船上拆卸下來的木板圍著一窟小水塘。阿慶正得意要志祐和他蹲下來看，這時院子的門被推開——

「我姐！」阿慶趕忙站了起來，神情似乎有些慌張，小紋見著志祐，先是一愣，而後禮貌地點了點頭。

「姐，他叫志祐，是中山大學的學生，他來教我功課！」

「教功課？」志祐和小紋兩人互望一眼，眼底同時露出疑惑。

阿慶拉了下志祐的手示意他快點離開，志祐邊走忍不住回頭再看小紋一眼，腦子頓時一片空白。

走出巷子，志祐本想問阿慶到底怎麼一回事，卻還是忍下，小紋清秀的五官深深印進志祐眼底。

「今天就逛到這裡，我必須回去寫功課了！」阿慶敲了敲自己的頭，做出經常被修理的樣子。志祐拍了拍他的肩就要離開，阿慶連忙喊住他：「你忘了我們的約定嗎？」

志祐想到他答應過阿慶，只要阿慶協助他完成一項任務，便可抽一張命運機會牌，於是自口袋裡拿出一疊紙牌。

阿慶抽出一張，掀開一看，上頭寫著：「出海夜釣」。

「夜釣？」阿慶情緒興奮卻也立即想到爸一定不會允許！

阿慶的父親大隆因海上無魚才將漁船賣掉，還常抱怨都是那些冒失的觀光漁船惹的禍，害他捨棄從小的夢想，下船舉鍋拿鏟。海產店的生意難做，同一條街左右鄰居都是競爭對手，要不是勉強咬緊牙關苦苦撐著，日子要如何過？多虧小紋勤快懂事，哪像阿慶這傢伙成天只會玩！

阿慶每回到店裡只會蹲在桶子前對著魚蝦螃蟹唸唸有詞，大隆看了就有氣：「你這个囡仔到底是按怎？透日頭殼內不知在想啥？」

阿慶眼睛繼續盯著桶裡，花蟹相疊一起，魚兒互相推擠，阿慶感覺身上鱗片一片片張開，一不小心便觸著緊挨的魚。阿慶呼吸越來越急促，旁邊的魚全張大了嘴，水面上的泡沫越來越多，突然閰砰一聲，大隆在廚房舉起菜刀往海鱸魚頭上重力一敲，阿慶回過神，伸手摸了摸被大隆掌摑的頭，眼前金星直冒，趕忙在大隆破口大罵前拔腿離開店裡。

小紋正於店前幫客人點菜，白淨鵝蛋臉上微淌著汗水。魚蝦軟絲和旭蟹躺在碎冰上頭，遊客川流街上，有的抹油嘴叼牙籤，多半則在店與店間徘徊。

「現流仔，炒麵炒飯攏有喔！」類似的招呼聲沿路傳響，涼水攤阿滿姨大老遠見著阿慶便殷勤地叫著：「阿慶，要轉去讀冊啊？」說著便拿了顆椰子插上吸管要送他喝。

阿慶速速快走，阿滿姨是街上有名的放送頭，阿慶可不想要招惹她，尤其她老是纏著大隆，滿腦子不知在想些什麼，阿慶更避之惟恐不及。阿慶的母親秀枝五年前過世，秀枝到底為什麼會死，阿慶真的不知道，只記得那天放學後他一樣跑到鼓山漁港前，幾艘漁船才剛回來，阿慶站在岸邊看向船上，聽見全叔在甲板上對著他喊：「阿慶，愛看就起來。」阿慶興奮登往船上，只見冰桶裡堆了些叫不出名稱的魚，而更吸引他的是一旁水桶裡那幾隻蝦虎和花跳、以及鰭上長有硬棘的成仔丁。

全叔見阿慶看得入神，知道這小子心裡在想啥，便說：「看愛幾隻自己掠。」

阿慶即刻拿起塑膠袋撈了好幾隻，包括那隻兇惡的成仔丁，心裡正想要繼續看船上有啥好玩，突然岸上傳來緊急呼喊：「阿慶，緊轉去厝，恁母仔得欲死啊！」

「死？」阿慶一時還意會不過來。

「緊轉去！閣站在這創啥？」全叔也急了起來。

阿慶這才移動腳步，趴趴趴地跑往回家的路，手上仍然緊抓著那袋魚。

一進門只見鄰居舅舅阿姨們都來了，大隆和小紋守在秀枝身邊，大隆紅著眼趕忙叫阿慶過來。

「秀枝，阿慶轉來啊！」大隆將阿慶的頭壓低，好讓秀枝觸摸他的臉。秀枝的手冰冷，阿慶直覺彎低的脖子越來越痠，右手仍緊抓著那袋魚，心裡想著成仔丁不知會不會攻擊其他魚，正在想時，秀枝的手滑落，大隆和小紋痛哭失聲，屋裡騷動了起來。

阿慶拎著水袋站在一旁，眼前湧起波波海浪，逐地將他給淹沒……

阿慶將袋裡的魚倒進後院小池塘，天天蹲在前頭愣愣地看著。屋內傳來亡魂超渡誦經聲，道士手搖鈴錚錚鏦鏦地響著，阿慶看著水塘，蝦虎的吸盤黏著池壁，成仔丁張開雙鰭，搖搖晃晃地游來游去，花跳則躲在水草當中，時而探出頭來。那幾天，阿慶整天神情恍惚，耳邊迴繞著水聲，啵啵——啵啵啵——他抬頭起伏，耳朵進水，深呼吸，感覺胸腹脹滿了水……想要划動身體，腳一動便觸著岩壁。迷茫當中似有兩把利刃直指過來，阿慶猛地游動身體，只見眼前那下垂的嘴形綻咧開，裂縫越來越大，進逼，就要將他給吞噬。恐——阿慶喊叫出聲便驚醒過來，一摸嘴邊淌滿口水，啵啵水聲轉成銅磬錚錚鏦鏦的響音，阿慶起身走到客廳，只見大隆青白著臉色滿臉鬍渣，小紋則蹲在一旁手摺著紙蓮花。

阿慶揉了揉惺忪睡眼走到池邊，低頭只見蝦虎的嘴一張一闔，成仔丁似乎褪了顏色。天漸地亮開，阿慶遊魂般走往碼頭，泊停漁船有的空寂，有的漁夫在上頭扛冰桶、整理網線。

全叔看到阿慶，忍不住喊著：「阿慶啊，你哪會遮早猶閣走來這？」說著搖了搖頭，低嘆一聲：「這个囡仔，實在真害！」

陽光亮開，漁船一艘艘走遠，長條船渠通連向外，岸上房子襯著桅杆，鹹潮光點一顆顆迷離起來……

船渠破曉／方秋停攝影

## 1-2 廟前路海產

「夜釣！」阿慶握著手上那張機會牌，他知道這時絕不能在大隆跟前提起這件事。大隆認定待在船上不會有前途，他說：「海面頂闊茫茫，海湧起起落落，越來越歹賺吃！」約莫是在秀枝出殯後個把月，大隆於船前掛出一塊木板，用紅色油漆於上頭寫著一個大大的「售」字，字體歪斜，下邊的口部還缺了一角，感覺將要解體，勉強奮力挺站，於空中跳踉著，唦唦，船舷前似有魚的翻跳聲傳來——霹霹啪啪——霹啪地有魚游聲音。那陣子阿慶常走到船前，觸摸那被海潮腐蝕的船身，耳朵貼近，他確實聽見船腹裡有潮聲湧動。

阿慶一直覺得每艘船裡頭都藏有精靈，雙腳接通引擎連著槳，兩耳為張開的帆，迎風逆浪細數海的呼吸，以及魚蝦水族的去向與來蹤。阿慶衷心盼望大隆的船不要賣出去，他相信只要有船便有重回海上的可能。

「這時陣賣船哪可能賣有好價？」全叔替大隆惋惜！

「賣多少算多少！」大隆顯然吃了秤錘鐵了心。

那船泊停渠道，模樣憂傷蒼老，阿慶徘徊在它跟前，似聽見船精靈嗚咽哭泣。大隆決意不再重回船上，經朋友介紹於旗津街上租了家海產店面。船未脫手，小店便趕忙開張，日子總要繼續要往前過！

朋友介紹了海產配送貨源，再僱個助手便點燃爐火做起營生，大隆叼菸的手換舉鍋鏟，熱油快炒、滾水蒸煮，改換與海關連的生活方式。這一切看在阿慶和小紋眼裡，既無奈又不能多說些什麼！

大隆的船乏人聞問，停船要錢，再賣不出只得送到拆船廠。阿慶絕不希望這樣的事發生，他天天跑到碼頭，看船於不同光影下的神態。小魚洄游在船的四周，似和阿慶一樣捨不得這曾經滿載漁獲的船隻。

全叔在船上整理網線，嘴吐的菸含混著鹹潮氣息，一回頭瞧見阿慶傻愣愣地立在船邊便說：「阿慶仔，恁爸沒想要討海啊，你猶閣來遮創啥？緊去學校，囡仔人要卡會曉想ㄟ，好好讀冊以後才會出脫！」

全叔背光，日漸彎駝的身影看起來更瘦小，阿慶想要叫全叔帶他出海，卻將話含在嘴裡。

海裡的魚都去了哪裡？阿慶沿著舊鼓山漁市往西子灣方向走，海在左邊，柴山在右手邊蜿蜒，消波塊堆疊，堤防向外延伸，潮水起湧，於岸上開出一朵朵浪花。阿慶喜歡站在一旁看人釣魚，每次見竿子彎曲，心情便跟著興奮。星點臭肚、龍占、花身、赤筆仔、鳳梨、班頭……阿慶如數家珍地點數，有時還可見著菜蟹身影。魚和蝦蟹還在，大隆為什麼要把船賣掉？阿慶邊走心裡邊嘀咕著，天空淨藍，烈燄射出，鼓山的陽光抹鹽，將港邊人的皮膚晒成深褐色，天上的雲卻總趁人不備狂亂堆積，驀地鋪天蓋地壓下來，巨浪如瘋狗般狂吠，原本平靜的景觀便被打亂。阿慶無法忘記那天下午，他和班上死黨八帶閒晃到西子灣前看人釣魚，那天陽光特強，照得人睜不開眼，堤防上釣客散布，越晚西天霞彩漸地紅豔，人潮也越來越多。八帶本來說好就要回去，偏偏這時前方燈塔有人手上竿子猛地被拉扯——「大咬！」一旁釣客同聲叫喊，那老伯兩手緊抓釣竿，屏住呼吸，其他竿子速地被收回。老伯釣竿轉軸繼續出線，倏倏聲響吸引岸上所有人的關注。「小利，毋通傷大力！」烏雲凸出，雲彩露出詭譎顏色，眾人目光聚集，一顆顆好奇心一起被釣著。阿慶和八帶硬擠到最前頭，只見那竿子如被神鬼附身，竿頭間歇地彎曲、伸直，復彎曲，雲層加厚，魚線緊繃，突地線頭猛地被拉扯，一起巨浪打上來，魚線鬆開，堤防上的人被打得東倒西歪！魚跑掉了，老伯、釣客一身濕，滿臉失望。

突然前方有人大喊：「有人落水！」阿慶這才留意到八帶不知跑哪去了？天空海上一片漆黑，斜雨穿飛，燈塔的光束照出一道道青光，浪濤洶湧，堤防晃動，救生員拿著大聲公強令所有人儘快離開，老伯像失了魂般往岸上走，阿慶被強制驅離。「八帶？八帶呢？」阿慶頻頻回頭，雨勢越下越大，海天渾成一片漆黑。

那天後阿慶再也沒見過八帶！老師說八帶落海失蹤了，阿慶則認定八帶去找那一條大魚。八帶跟阿慶一樣，他老早就想知道海裡頭到底是什麼情況——或許海龍宮真的存在，在水族能夠安心居住的地方！

阿慶沿著海岸旁的公路走，遊覽車、汽機車一輛輛自他身旁駛過，阿慶站在西子灣前的沙灘，海水於眼前晃動，攔沙線拉了起來，風吹著，沙土一分分流失，而工程車進駐，一車車泥沙傾倒出來，海與陸地相互消長，大隆說過舊港那裡以前都是海，想到這裡，阿慶便覺全身滑溜起來，或許他和八帶前世都是魚，這祕密他深信也正在查證。

沙灘上散布著大大小小的孔洞，一隻小寄居蟹經過阿慶腳邊，阿慶彎身伸手讓牠爬進手掌心，蟹的腳爪輕觸他的指掌，撥起他心底屬於海的律動。阿慶兩腳繼續往前走，自從八帶不再出現，阿慶上學的興致更低，他不自禁地看往中山大學沿海砌起的校舍，志祐現在在做什麼呢？想到志祐，他的腳步不覺地加快，他急想要和志祐計畫夜釣的事。阿慶在紅磚樓間繞了幾圈，到處都是和志祐長得類似的年輕人，讓他看得眼花撩亂。他往柴山上爬，馬鞍藤沿路長，山豬枷翻開葉子。阿慶如往常般走著，自然走到忠烈祠前頭，赭紅色門窗，斑剝蒼老的油漆，庭前樹上結著血紅色蓮霧。阿慶往向海階梯上坐了下來，從這裡可鳥瞰整個高雄港。

內海沉靜，船隻散點，阿慶喜歡自己在這看船隻出出入入，想像大隆的船也在其中，自海上載回滿滿的魚，只是這幾年大隆的船和其他船一樣鬱卒，大隆眉間的刻痕因此越來越深。那時秀枝隱藏著憂心，眼看大隆捕回來的魚越來越少，本來還不敢向大隆開口提回娘家幫忙的事。當初她和大隆的婚事家裡頭並不看好，尤其是她哥水生更不贊成。水生說潮水變了，小漁船在海上不會有啥作為。大隆偏不信邪，認為擁有一艘船就像坐擁一家店，再怎麼樣自己都能當家作主。而漁獲少出一趟船連汽油錢都不夠，大隆陸續辭去外籍漁工，自己站在空寂的甲板上。船行海上，一座座浮桶沿著岸邊拉開大型網袋，魚、蝦、螃蟹幼苗關鎖其中，汲取海中浮游生物及人工餵養飼料一天天茁長。水生和養殖業者熟悉，批了貨在市場賣，秀枝後來便趁中午沒事到市場裡幫忙，賺些菜錢貼補家用。秀枝知道大隆心裡頭不舒服，而日子總是要過，不論抓的或養的，有魚有蝦換得了錢最重要。

天陰濛，灰藍色雲層往上堆疊，暫停出海的漁船越來越多。水生一再要秀枝勸大隆趁早將船脫手，能賣多少算多少，投資養殖賺頭多，至少生活可以過好些。這話秀枝不好在大隆跟前說，大隆認定秀枝娘家瞧不起他，認為他沒法讓秀枝過好的生活，於是惱羞轉怒，他就不信漁船沒去路。

眼前的海一片沉靜，風在吹，阿慶聽見背後傳來樹枝彎折聲響，一回頭，兩隻獼猴跳踉樹上，見阿慶瞧望牠們便也愣愣地瞪著阿慶。阿慶往前走一步，獼猴便神情緊張地往後逃退，跳走兩步又回頭看著阿慶，阿慶猜想，牠們知道這山海間所發生的一切。

芒果樹未開花，血桐葉如張大的菩提！海風簌簌吹著，一隻大蜘蛛於樹間結吐晶亮絲線，阿慶自地上撿起一顆風乾的青剛栗，如骰子般在手上轉動著。阿慶記起老師要他們交一篇作文，寫自己以後想要成為什麼樣的人，阿慶一邊走一邊想著——他想要像大隆卻不想要像他現在這樣。阿慶記起有一晚他尿急醒來，見到大隆趴在秀枝床前難過說道：「攏怪我沒通予妳過好日子！」阿慶不知道啥是好日子？只怪老天不讓大隆的漁船多抓到一些魚。阿慶真的好想去夜釣，說著便循著另一條路往山下走，太陽漸地西偏，遊覽車擠滿附近的路。路上到處有機車賁賁亂竄，往渡輪站的機車越集越多，阿慶揹著書包正排隊要上船，這時他看到志祐。「志祐！」阿慶兩眼金亮，精神不覺地興奮。

渡輪靠岸，人車湧出，阿慶跟著排隊人潮湧上船，船緩緩移行，八五大樓與附近高樓相連成流動的背景。

阿慶好想向志祐提夜釣的事，而他們整群一直在說學校、社團以及一些如何認識女生的事，阿慶只能沉默坐在一旁。

「阿慶，你剛放學嗎？」志祐總算得空跟他說話。

阿慶點了點頭，目光閃躲開又自另一頭踩了回來：「上回我抽到的——」

阿慶正要說出「夜釣」兩字，而與志祐同行一個叫阿猴的同學，喜孜孜地說到：「聽說旗津海產街上有個清純美少女，長得超正點！」

「有嗎？我每回去看到都是大嬸、阿嬤級的店員，哪有什麼美少女，我想你是想美眉想瘋了！」

「我騙你們幹嘛？」阿猴說著便拿起手機，秀出裡頭儲藏的圖片，眾人一起擠看阿猴掌上的小框框。

「蠻清純的嘛！」

「比電視新聞或網路上那些妞都還好看喔！」

志祐只覺得那女孩面熟卻想不出是在哪裡見過？正在納悶時，渡輪已經靠岸，一群人便隨車聲與人潮流向大街。

天后宮前，小販貨車駐停路邊，迎接夜晚的儀式正在進行。

「時間還早，先到海邊去看看！」說著志祐他們便往沙灘方向走。

阿慶眼巴巴地望著他們，很想跟著去，可是，算了，想起大隆，他還是先到店裡露個臉再說！

阿慶兩腳踢著布鞋逕往街上走，幾本筆記簿和散落的筆在書包裡跳出零落聲響，小貨車一輛輛停在海產店前，三點蟹、海瓜子、草蝦⋯⋯，牠們從箱網或池塘被撈出，乘車搖晃前來，不曾在海裡自在生活，一定也沒見過八帶！海龜悠游海裡，嘴角仍然上揚；海參散躺淺水灘，彎彎直直的身子如截枯木，瞬間膨起又硬如岩石，阿慶記得那回跟大隆到海邊，腳觸著那有點韌性的石頭，一撿起來便萎軟只剩層皮，大隆見阿慶一臉茫然，便自水中撿起了兩隻對著他噴水——海參是最神奇的水槍，大隆開心玩笑的神色阿慶已經許久未見。「爸——」阿慶不知怎地感覺難過，肚子也跟著餓了起來！阿慶走進店裡，想要找小紋問有什麼可吃，不巧一進門便被大隆給瞧見，阿慶想要繞往後頭已經來不及！

「阿慶，你給我過來，老師打電話來說你今仔日沒去學校，你說你是走去叨位？」

阿慶一聽整著人便失了魂，「我⋯⋯」

「你按怎？」大隆氣急敗壞地衝到阿慶跟前，命運處處和他作對，他一樣樣地忍了下來，唯獨對於阿慶不成材這事他完全無法忍受，他漲紅臉，脖子顯出青筋，原本的帥氣全變了樣。

「爸——阿慶——」小紋驚慌不已，夾在他們兩人當中，不知該如何。生意就要登場，不好讓人看笑話！上回大隆氣起來將阿慶毒打一頓，阿慶不見了好幾天，秀枝走得早這家已夠悲慘，再發生些什麼，日子要怎麼過下去！

「你這个囡仔哪會遮爾仔未曉想？」大隆緊握的拳腳就要往阿慶這頭揮，突然漁產貨車停在店門口。

「爸，送貨來啊！」小紋趕忙叫喊，大隆即要爆發的火氣只得先擱下來。

「陳仔，你頂回送來的蛤仔哪會遐爾仔沒擋頭，內底死幾若粒！人客吃了嫌得要死！」

「哪有這款代誌，我攏嘛選上好的予你！」

小紋見阿慶還杵在那裡，連忙使眼色叫他快點到廚房，她自己則趕忙將桌椅排放整齊，補充各桌沾醬。

貨車才剛駛離，便有客人陸續上門，小紋拿著點菜單作記錄——清蒸、燒烤或炸炒，水箱裡頭冒著氣泡，魚隔著玻璃缸與客人相望，大隆的鐵鑊熱烈拌炒，阿慶胡亂地在廚房找了些東西吃，便也拿著抹布和鋁盆幫忙收拾，希望大隆明天就把剛才的事給忘了！這時店前來了群年輕人，小紋前去招呼。

「什麼最新鮮？」

「廢話，都嘛新鮮，不然怎麼能叫海鮮店！」

「拜託，我說的是特別、特別，Special你懂不懂！」他們你一言我一語，小紋無法回應！

阿慶聽那聲音覺得好熟悉——是志祐他們，阿慶興奮地跑到外頭，只見阿猴他們幾個圍著小紋：「小姐，妳幫我們推薦，妳說好的我們都愛吃！」阿猴油嘴滑舌讓小紋不知如何是好。

志祐見到阿慶這才想起，難怪他會覺得阿猴手機裡的女孩那麼面熟：「阿慶，你家的店就在這裡？」

阿慶歪嘴點頭，心裡還是想問「夜釣」的事。

「志祐，你想吃什麼？」阿猴隨意問著。

志祐的目光與小紋交會，小紋應是認出他了。

炒麵、炸蚵、清蒸活蝦，這一餐海鮮吃起來特別美味。

去。

空殼上堆碗盤見底，啖完了水果，喝光果汁，阿猴一行人仍坐著不忍離

「蠻耐看的！」阿猴有些恍神。

「走了吧，位置留給別人！」

大夥兒站了起來忍不住再多看小紋幾眼，阿慶見志祐就要離開，匆匆進店裡拿了書包便追出來：「我回家寫功課！」阿慶對著店門口的小紋嚷喊。小紋瞧望著志祐，目光比對阿猴或誰都要複雜。

阿猴他們逕往前走，天后宮前野臺戲鑼鼓聲響，阿慶拉高嗓音對志祐說：

「夜釣，我們什麼時候去夜釣？」

「你真的可以出來嗎？」

阿慶點頭！

「去哪釣？你有認識的人嗎？」

阿慶愣了一會兒，隨即想到全叔：「全叔人很好，或許可以幫我們！」

「喔！」志祐腦前還縈繞著小紋的形象。渡輪啵啵靠岸，全叔就住在阿慶家隔壁巷子，阿慶拉著志祐到全叔家去碰碰運氣。代天宮前老人家圍著聊天，

之前討海，自海上退下來，想的聊的還是海。快九點了，全叔睡了嗎？還是等明天一早再到碼頭去找他，阿慶在全叔家騎樓前探頭探腦，這時自一旁小巷子冒出個人影：「創啥？遮爾晚哪無緊轉去睏？」

「全叔仔，我知影你上惜我！」

「啥米代誌？莫講講一大拖！」

「全叔仔，你當時閣要去夜釣，帶阮來去甘好？」

「我才無愛嘞，你毋通害我，誰人不知恁爸的性地！」

「未按怎啦，阮爸店內足無閒，伊未發現啦，一擺就好！」

「恁爸連漁船攏賣賣掉了，誰人不知伊決心不要做這途啊，阿慶你要卡清醒ㄟ，毋通一日到暗冥夢！」全叔燃起菸不想理會，菸圈如氣泡一口口自他嘴裡吐出。

大隆的漁船賣掉了，在船渠晾了好幾個月，最後被做觀光生意的店家低價收購，老闆拚命殺價，直說買這船還得花大把銀子改裝。之後阿慶便再也沒見到那船。阿慶一直想要回到那船上，再出一次海，最好是——夜釣。

「全叔仔，你甘知影阮爸的漁船賣予誰人？」

「知啊，你問這要創啥？」全叔真不知道阿慶這孩子滿腦子在想些什麼！

「船攏閣改過，無仝啊啦！好囉！緊轉去睏！」

「全叔，歹勢，攪擾了！」志祐拉著阿慶離開。

「附近經營觀光漁船的就那幾家，應該不難打聽！」志祐要阿慶先回去：

「我明天還有考試，先回宿舍了！」

阿慶一點也不想要回家，大隆和小紋都還在店裡，家裡頭沒人回去做什麼，於是他又逕自走往碼頭。碼頭前人車聚集一波波在岸與岸間往返，阿慶繼續往南走，越走人越少，街燈冷冷地照著。阿慶走到岸旁，黑夜吞噬船隻輪廓，遠處觀光漁船光影映在海上，阿慶憤憤踢起一顆小石子，見它掉落海上傳出無聲回音，阿慶似又聽見八帶說：「阿慶，走，我們到海上！」

靜默之舟／方秋停攝影

# 1-3 鬱卒的釣竿

夜裡，阿慶又似睡在船上，窗戶未關，海風吹了進來，迷濛中感覺顛顛搖搖，之後風停浪靜似躺沙灘，鬧鐘突地叫響起來，阿慶睜開眼。他從來不轉鬧鐘，鬧鐘卻天天準時叫響，窗戶也被關上了。陽光斜照，阿慶背起書包走到客廳，桌上塑膠袋裡裝著微溫的早餐。小紋上學去了，大隆也許睡在店裡，本來不想去上學的，但想起大隆昨天的怒氣，阿慶還是乖乖的出門。

後院水池乾涸許久，或許該帶回幾隻什麼來養，阿慶才想好好去上學腳步卻還是拐向了碼頭。之前大隆漁船泊停的位置換成兩艘快艇，船渠旁鋪上新的步道，老舊巷道一片新亮。阿慶坐在矮錨柱上，將蛋餅、豆漿囫圇吞進肚子。水面上一圈圈水紋蕩開，魚在裡頭，阿慶想要回家拿釣竿，腦前閃過大隆的兇惡表情，只好拔腿往學校飛奔。

老師眼珠子整天盯著阿慶，每節下課都將阿慶留在教室寫功課，阿慶眼看著其他同學進進出出，今天，他是箱籠裡的魚被牢牢地關鎖住。一放學他等不及奔向碼頭，而全叔的船並未出現。阿慶失望地走著，肚子餓了該到店裡，而他更想回家拿釣竿，心裡正猶豫著，突然有輛急駛機車掉過頭來喊叫他：「阿慶，我正要去你家找你！」

阿慶抬頭見是志祐，整個人精神大振！

「上來吧，我打聽到一家觀光船店，說不定可以找到你家的船喔！」阿慶興奮跳上志祐的車，手扶著志祐肩膀，不禁想起很久以前大隆也常這樣載著他，而秀枝生病後一切就都變了！

志祐將車停在遊輪碼頭前，領著阿慶走向櫃臺：「借問恁的船仔生作啥款？」

「攏嘛媠噹噹，一流的啦！」

「有新來的船否？甘會使看覓？」

「停在那邊那幾隻攏是，上倒手旁那隻頂個月才來的。」

阿慶與志祐急忙就要過去。店家問：「恁兩个要坐是嗎？」

「阮先看覓！」

五、六艘船並列著，他們直接走向最左邊那艘——約五十噸左右，阿慶看來看去總覺得不對勁，「不像，爸的船不是長這樣！」

「經過改裝了啊！」

「不對，不是這樣的！」阿慶難掩失望。

「……那再慢慢找好了！」

「少年的，恁無愛坐喔？」船家在後頭嚷著。

「另日啦！」

坐上車繞回渡輪碼頭，天色已暗，「肚子餓了吧，去吃麵好嗎？」志祐不知要如何安慰阿慶。

阿慶點了點頭，他喜歡和志祐在一起，時間越久越好。

船渠巷口的拉麵店俗閣大碗，志祐常來這裡。麵條倏地自食道進入腸胃，阿慶的心情稍微好轉，咻咻地碗公見底，阿慶真不希望志祐回宿舍，趕忙提議：「我們去——」

「要夜釣是不是？」

沒辦法坐船，在岸上釣也不錯啊！志祐知道拗不過阿慶，人總要信守承諾。

阿慶高興跳上志祐的車，回家將法寶全拿出來，其中包括大隆之前最喜歡的釣竿。阿慶要志祐在釣具店停一下，出來時手上又多了海蟲和活蝦。見阿慶這樣起勁，志祐便也精神了起來。志祐將車停在宿舍停車場，和阿慶沿著斜坡往堤防走，燈塔最前頭為兵家必爭之地，想起八帶，阿慶和志祐便走往另一頭。黑暗中海與岸並無清楚界線，四周靜寂，海浪微晃，月影於雲的空隙間遊走，阿慶勾隻蟲作餌，用力將竿甩出將線收回，感受潮浪輕輕拉扯，似有魚兒輕輕點咬，拉出，蟲兒被吃了，卻不見魚的蹤影。

志祐換勾活蝦，甩竿時圓月突自雲層中亮出，蝦腳在月光下張舞，如小龍現身旋即潛進海裡。海上仍無動靜，岸旁老伯顧不得可能被巡警取締，點亮煤油燈嘴裡忍不住抱怨：「海岸破壞，魚仔走了了，這釣有魚才是奇怪。」他將煤油燈往海上照，只見岸邊漂浮著兩三隻翻肚的小魚和垃圾袋。阿慶一次次換餌，活蝦不耐久等，阿慶將蝦仁剝殼切半，和志祐又釣了一陣子，還是沒動靜！老人家燃起菸，立起釣竿又碎唸起來：「做啥人工海岬，害死阮遮的愛釣的人！」

「有動工就有錢挺好賺，攏是生理人拿去賺食！」暗處有人無奈地回應。

志祐又將半截蝦掛往鉤子，想起教授要他做的地層分析圖還在電腦裡面，沿岸漂沙減少，下游海岸侵蝕一天天嚴重，教授在計畫書裡畫出一道道彎弧，精密算計著岬灣的長度和位置。眼前的海岸和教授指出的似同似不同，志祐不是很確定教授要如何堅持與應變，而教授努力要挽救海岸流失是無庸置疑的。

突然岸邊興起啵啵的船尾浪，一艘觀光漁船嘻哈駛過，阿慶手中釣竿微彎，老伯嘴裡含的菸緩緩吐出，與海上水氣相會。驀地漆黑天空青亮起來，阿慶抬起頭，雲層藏著陰影，阿慶似又見著那想像中的畫面——另一片海，海裡有魚、有蝦、有秀枝看著他的眼光，還有八帶笑嘻嘻的神情，憨傻的他變聰明了……阿慶才想要張眼看清楚，那景象便就消失。而這時，他手上的釣竿突然彎了一下——「有魚！」

阿慶將釣竿往上扯了一下，低聲嚷道：「還在！」一旁目光全往這裡集中，沉悶氣氛頓時精神了起來，魚線左右竄，阿慶身體隨之移動，最後提上來一尾厚鱸。老伯連忙收竿換新餌，加倍認真地釣著。

志祐手握竿子感覺海的律動，觀光漁船經過，潮浪起伏，船火、岸邊高樓層層疊疊的燈光，星光藏匿，海龍宮彷似飄浮岸上……四周越光亮，魚況越差，志祐又興起想要回去的念頭，正要開口，卻聽到其中一位老伯講起他當年在海上的英勇事跡——上百斤的魚盡入網裡，越老舊的船與海越有靈犀，煤油燈前，老伯翻出手臂上一條像剝皮魚狀的疤痕，悵然說道：「當初海面頂實在正趣味！哪像現此時！」

潮水漸地漲高，浪打堤防，於消波塊上接連成一長聲嘆息……

「時間不早，該回去了！」志祐忍不住提議。阿慶意猶未盡地收拾，將剩餘的蝦丟進海裡，提著桶子拎著釣竿坐上志祐的車。

「以前可以釣很多嗎？」志祐回頭問著。

阿慶「嗯」了一聲，至少八帶還在的時候是啊！

機車沿著船渠行駛，三兩個彎轉便到阿慶家門前，房內有光。

「我姐回來了！」阿慶嘟起嘴來，小紋就是愛找他麻煩。而志祐倒是因此不急著走，他突然想到什麼似地，自口袋拿出一疊牌，「哪，抽一張吧！」引擎啵啵滯留，牆內傳來開門聲響，阿慶趕忙抽了一張。

「你快走吧！」阿慶不禁緊張了起來。志祐雖然猶豫卻不好再留，小紋開門的同時，志祐的車正好離開，小紋眼光追隨著他。

阿慶趕忙提著桶進到屋裡，小紋瞪著他，罵人的話才要出口，阿慶將桶子提到水龍頭下，拿起刀將那厚鱸剔鰓去鱗，發現這魚肚子圓鼓，刀子劃開，裡頭藏著一團塑膠紙，市場常見的紅白條紋於深赭色魚血裡顯得特別突兀，挖出裡頭還包覆著一小截報紙，油墨字跡也被吞了進來，這魚已經死了好幾次！

「阿慶，你到底在搞什麼？爸要你以後放學後就到店裡！」

阿慶心裡嘀咕了起來，一會兒要我好好待在家裡、一會兒又……到店裡又幫不了什麼！阿慶想起學校功課都沒寫，心裡有些不安，管他的，書本來就和他無緣，阿慶自褲袋摸出剛才抽出的命運牌，翻開來，上頭寫著：「出航！」

遠眺鼓山渡輪站／羅有隆攝影

西子灣夕照
／呂易如攝影

螃蟹上岸
／羅世煌攝影

鼓山代天宮
／呂易如攝影

第二章

# 海上珍寶

## 2-1 龍王寶瓶

出航！

阿慶何嘗不想，躺在床上心想海就在不遠處，而他卻無法遠航，便又想起全叔！明天，明天一定要再去找全叔！阿慶眼皮漸沉，迷濛當中似聞牆外水聲潺潺……浴室傳來小紋輕哼的歌聲，阿慶聽不出她在唱些什麼！

隔天醒來，天陰沉，桌上還是躺著溫熱的早餐。雲絮快跑，阿慶加快腳步奔往學校，心裡直惦記著要再去找全叔，一進教室雨水正好自雲層中滲出，窗外濛濛一片，阿慶氣喘吁吁地坐了下來，感覺天旋地轉。下課他同樣被罰在教室寫功課，阿慶看向八帶空著的位置，總覺得他還會再回來。

自然課老師發給他們一項作業，要他們

找出十種附近常見的魚種，如果是以前那可容易得很，可是現在！連自然課的功課都變難了，阿慶真想向海提出抗議！下課後阿慶急忙到港邊希望能遇著全叔，而船位空著，全叔顯然還在海上。狹長船渠見不著遼闊的海，天上雲層疊出祕境。阿慶背著書包坐上渡輪，陽光照在海上，沿岸房樓金亮接連如海龍宮一般，船啵啵移行，這條短短的水巷，成了他回家必經的路。

廟前路泊停著將要卸貨擺攤的攤販。天后宮前擠著一團團觀光客，大紅燈籠長年張掛著平安祈求，許願池紅漆勾勒著白牆，遊客虔誠或好玩地將銅板丟了進去。

阿慶自人群中繞出，冰水、燒烤店相對，廟前路前段海產店規模較小，店面、行銷自然敵不上中間兩家大店的熱鬧，遊覽車載來一批批客人，浪潮有高有低，生意盈虧皆不一樣。大隆的店少口碑，路尾地點只能撿拾不願排隊或想要嘗新的客人。大隆從來不是擅長營生理財的人，既要掌廚又要接待客人，更困難的是必須找尋貨源、降低成本、還須減少存貨與虧損，千頭萬緒還好有小紋幫忙，而女大不中留，大隆內心鬱卒，日子只能顧到眼前，無從期待，也見不到日後的發展。水生的養殖場經營得不錯，當初未加入是大隆自己沒眼光，唉！反正做什麼似乎都不對，命運之神從來不曾眷顧他，秀枝走後大隆更加確定這點。

「阿隆，這鍋麻油雞予恁呷看覓，我昨昏轉去厝掠的正港放山雞，肉甜閣韌，未像菜市仔買的爛糊糊。」阿滿姨三天兩頭送吃送喝的，大隆感覺不妥又不知要怎麼拒絕，短短的街是非一堆，大隆無心也無力沾惹這些。

阿滿姨將一鍋燒熱麻油雞往桌上一擺，正巧阿慶走進店裡。阿滿姨剛好找著了話題，「阿慶，你抵好轉來，腹肚枵啊乎？來來來趁燒緊呷！」說著便拿碗替阿慶舀了一碗。

阿慶確實是餓了，囫圇吞咽起來。

「好呷否？」阿滿姨摸了摸阿慶的頭，刻意表現出母愛。

以前秀枝也常煮麻油雞，尤其是小紋青春期那時，之後家裡便再也沒有這樣的氣味。阿慶記得秀枝煮的麻油雞裡還加酸梅，甘甘甜甜感覺更好，阿慶一邊吃著，腦前突然映出秀枝的臉龐……

「愛呷另日阿滿姨閣煮來予你呷！」阿滿姨又摸了摸阿慶的頭，阿慶頭輕縮，似點頭又似搖頭。

小紋也在這時進來，阿滿姨見到小紋，便匆匆離開。

小紋到後頭換上便服便開始忙，廚房婆婆的菜已洗淨切好，店前平臺上的海產覆蓋著碎冰。魚頭一顆顆同向擺好，魚眼晶亮，蝦子雖死如生，蚌殼偶爾張開吐出一條條水柱。

天色漸暗，商家燈光漸地熒亮起來，前頭街上生意早就上門，大隆這裡還沒開張。阿慶吃飽後只好乖乖拿出功課來寫，大隆先在店口站了會，心想只要不下雨遊客便不會少！大隆站著，如當年站在船頭看天象，潮起浪退，天寒或暖各有各的擔憂。大隆記得那回魚況同樣也是不好，遠洋漁船趕盡殺絕，小船能撈的越來越少也越來越小，那時秀枝剛生阿慶，正是家裡需要用錢的時候，偏偏老天爺不給恩惠，別說遇不著大豐收，連最基本的魚獲也沒有！兒子好不容易出世，大隆極力盼望魚能進網，一如他此刻企盼饕客進門。大隆眼盯著碼頭方向，魚窟應在前方，魚不現身。海靜止得教人灰心，大隆正要收網，卻見著海面一團黑影浮出，大隆初始以為是錯覺，眨了眨眼再仔細看。有，而且不小，大隆精神為之一振，大隆將船轉向，網子往另一頭撒下，船轉出浪發出啵啵聲響，大魚似被激怒猛力拍動尾鰭，大隆叮嚀外籍漁工大狗圍網，他則隨魚游方向將船彎轉，沒有尖鰭不像是鯊、身形也不像是海豚或……，大隆腦前浮起各種可能魚種，不管是什麼，那樣的大小總是教人興奮。

之前黑鮪魚多時海上常有驚喜，每次出船都有中獎機會，這樣的感覺許久未有，眼前不管是什麼，對他而言都是一線生機。大隆呼吸著想念的魚腥氣味，船駛得極為小心——勿近勿離——小心，小心。「走去，走——」大狗尖聲嚷喊，大隆趕忙將船加速，前奔一段，見魚停船也跟著歇止，大隆登到甲板，奮力將十幾斤重的魚網往外甩出，網上鉛鎚一顆顆往下沉，沉到一半，魚又掙脫。大隆連忙將網收回，大聲嚷喊要大狗將船往魚游的方向開。收網，站定再撒出，大隆喘著氣汗水直流，沾滿鹽分的臉上畫出一條條紋線。網子扣著魚的身體，魚更用力拍扭身體，大隆眼看魚就要脫網，便猛力拉扯網線。渾身氣力及意志集中，魚在水中翻滾，大隆在船上跟著扭動，大隆厚實的胸膛沉重起伏，臉上青筋自脖子、手臂連著手上接網的繩索……海浪推著漁船登登起伏，傾側、搖晃，魚和大隆相連接。大隆使盡所有氣力拉扯，而那魚終究掙脫，大隆跌坐甲板一身濕，忍不住對著海上狂喊：「天公伯仔，你哪會對我遮爾歹！」

大隆猛力吸吐手上的菸，眼睛瞧望向路的兩頭，每晚都似一趟出航。第一批客人進門，大隆捻熄菸快步進廚房，啪地青色爐火瞬間將大鐵鍋包圍住，預熱好的蒸籠又再加溫。小紋殷勤招呼客人，熟客要換新作法、推薦特別新鮮難得的食材，觀光客則建議清蒸石蟳、活蝦，炒海瓜子、烤魚烤鳳螺，視人數多寡炒麵或炒麵，再來個鮢郭魚湯……小紋熟記各類價位及作法，俐落裝秤好送進廚房，該炒的炒該炸的炸、汆燙、煨煮……大隆撒網拉魚的粗手轉練成掌控火侯的好功夫，爐火時而怒吼、時而溫柔，從烈轉小，又自細微轉成偉壯，一鍋熱油沸水，將海上鮮燒煮成盤中飧，蔥薑蒜伴舞，鹹潮氣息融合油煙與醬辣，客人陸續上門，大隆懸浮的心才漸地踏實。自海上退留岸邊，他極需要立穩腳步，忙累之餘尋空抽根菸，一空閒腦前又浮現海的景象……

青灰色魚裹粉，滑軟身形於熱油中嗶嗶啵啵成一身僵硬金黃色，魚嘴張開，金亮目光瞬間翻白，尖牙利齒露了出來。小紋前奔後走，白天上學晚上跑桌，素淨臉蛋日顯蒼白，大隆心雖疼卻莫可奈何！而讓他最不放心的還是阿慶，這傢伙滿腦子不知在想些什麼，大隆自己沒讀啥書，書裡的事他不清楚，但他知道讀好書日子總是容易得多。魚蝦在鍋裡悶收醬汁，大隆轉身順便往店內瞧望，阿慶人雖釘在椅子上，心思不知飛去哪裡，大隆稍沒注意他便敷衍了事，手亂抓、筆畫不安於方格，如魚群胡亂跳踉，急欲掙脫網罟。

阿慶瞻前顧後，最終忍不住地跑到廚房對內嚷喊：「爸，功課寫好，我要回去了！」大隆想要喊住他卻又分不開身，只能補兩句嘮叨：「緊轉去，毋通四界趴趴走！」

阿慶如脫網之魚速速游開，跳上渡輪看往對岸，天上一彎細銀勾，天空似海。大隆的話語還在耳邊，阿慶仍忍不住往船渠那頭看，遠遠便見著全叔的船，而船前圍聚一堆人，阿慶擠到前頭，只見鋪地漁網裡有一中型陶甕，封口處垂掛一串珍珠。年輕漁夫萬仔自海底拉上來這古怪之物，想要打開又不敢輕舉妄動，捧下船引來眾人圍觀。

「毋通打開，千萬毋通！時機歹歹啊，要小利！」全叔出聲制止，海上什麼鬼怪都有，幾年前他撈起一只像是裝藏金銀的百寶箱，以為撿到什麼寶，誰知一掀開，裡頭竟藏著好幾條蛇的屍體，泡爛的皮肉模樣噁心並藏匿著穢氣，那陣子他身體經常犯疼，漁船也諸事不順。

「這看起來親像是金斗甕仔！」其中一人說出眾人同感。「啊！」萬仔緊張了起來。

「我看提來去予坤福師看覓仔！」

眾人於是跟著往代天宮聚集，心底既緊張又興奮，海上許久未曾有過喜訊，他們太期待海神眷顧。

那甕表面如被浪淘亮的貝殼，街燈映照下顯出神祕光影。坤福師正斜躺神龕前打盹，半瞇之眼見著他們，便從板凳上站了起來。萬仔小心翼翼將甕捧往桌上，眾人屏氣凝神，等著聽坤福師解說。坤福師睜大眼睛，兩手運氣合十，瘸的右腿一拐一拐向前，低下頭仔細端詳，兩眼鬥合甕上，然後他燃香祭拜，嘴中喃唸有詞，縷縷白煙氤氳扭繞，坤福師點燃符咒在甕口上繞著圈，突地他頓腳隨即跌坐地上，身體微微地抖顫……

萬仔跟著眾人圍著坤福師急問：「按怎？」

「按怎？」坤福師的聲音變得尖細，動作舉止全變了樣。坤福師一向有讓神明附身的能耐，阿慶小時候見到他心裡總是毛毛的，而今他倒希望坤福師能多說一些，所有人屏氣凝神——大海啊大海，龍王到底有何指示？坤福師身體搖晃，語焉不詳。阿慶似乎聽見什麼網啊、船啊、人之類的，坤福師時而雙眼凸出，利牙露出似鯊，時又搖亂頭髮如漏網的怪魚，阿慶瞪大了眼睛，之前一有船難發生或消災祈福法會，坤福師也曾變成這模樣，似是躍上陸地的魚精，精神與龍王相接通。眾人豎起耳朵要聽他如何說，而他突然呵呵笑起來。萬仔緊張不已，坤福師捧起那甕便往海邊方向走，眾人跟隨在後。阿慶想向前詢問到底怎麼回事卻又不敢，夜已深，碼頭前仍排列等候搭渡輪的人。坤福師他們往舊漁市停車場走，行至岸邊他手比蓮花指、腳踩七星步，要萬仔將龍王寶瓶拋進海裡。萬仔看了看全叔，全叔對他點了點頭，撲一聲寶瓶落海，浮起的珍珠隨波搖晃漸地沉落，幻化成來往的船隻燈光。

阿慶想要問為什麼要把寶瓶丟進海裡？終究還是忍下來，海中多珍寶，屬於大海的都應回到海裡，阿慶如此深信。

港邊人家／方秋停攝影

## 2-2 海陸消長進行式

志祐幫忙量測岬灣及沙灘的傾斜地勢和角度，提供教授精密計算突堤該要撐起的面積，連夜對著電腦工作，一張張結構圖點出，螢幕裡便掀起一波波潮浪，連作夢皆感受著海岸被侵蝕的力道。浪濤衝向岸邊，泥沙一層層被支解，志祐行於堤防上似聽著潮浪撞擊消波塊的哭聲，漂沙越少，工程車運轉得越焦急。風吹浪走，熬夜整晚，志祐自座位站了起來爬往宿舍頂樓，抬頭一看只見一塊塊積雲遮覆半邊天，墨色樹影圈圍著大海，教授向海的研究室燈光仍然亮著。

夜幕漸漸地亮開，志祐走下斜坡，經隧道走往校外。早餐店冒出熱煙，志祐腦袋瓜既空且重，一到店前兩腳跨坐，回頭要喊老闆，只見一清秀女孩走到攤前，志祐先是一愣，意識瞬間甦醒。是小紋！志祐連忙站了起來：「阿慶的姐——」一開口便覺失言，心底直恨自己嘴笨，幸虧小紋對他微笑，志祐忙將早點改成外帶，陪著小紋走往回家的路。身穿制服的小紋顯得更純潔，志祐內心打起快板，正想著該聊些什麼，小紋反倒輕鬆說：「大學生也都這樣早起嗎？」

哈，這要如何說呢？「偶爾啦！」

「這星期六下午學校有場演唱會，妳有興趣一起去聽嗎？」

小紋咬了咬下唇——演唱會，收音機或同學傳唱的那些歌她也愛聽，可是想起店裡頭的生意，想答應卻又不能。小紋須趕在七點前將早餐送回家，再騎車去學校，讀的雖是餐飲，在校學的技能在大隆店裡卻派不上用場！大火快炒猛蒸，前後跑桌清理碗盤和廚餘，俐落的手腳比啥都重要。天后宮庭前經常鑼鼓喧天，碼頭前的空地舞臺拆拆搭搭，打拳賣膏藥到歌仔戲和電音卡車……，小紋的生活裡不缺音樂，只是沒有好好欣賞的機會。萬般思緒一閃而過，這時聽到半空中傳來蒼老的叫聲：「小紋，妳今仔日免讀冊？」

全叔眼光瞧了志祐一眼，雖然有些面熟卻也忘了他是什麼來頭。全叔看著小紋一天天長大，這女孩乖巧得教人心疼，他可不許任何人欺負她。小紋匆匆回家，志祐便也不好再耽擱。拎著早點走回學校，全叔的船駛離渠道，海面一片金亮。

醒來時已是中午，志祐將桌上早已涼冷的早餐吞進肚子，拿起手機一看，有三通教授打來的未接來電。志祐連忙三步併做兩步衝往系上，跑至一半突然想到教授日前說過今天另一段突岬要開挖，據報附近居民及環保團體會來抗議，教授交待他們必須到現場了解狀況，伺機提出說明來抒解民眾的不滿，志祐怎會將這事給忘了呢？希望還來得及，志祐往前衝，如獼猴般於坡路上半跑半跳著衝至沙灘前，果然見著好幾群人連番叫陣，老的、少的、黑臉看不出年紀的，「創啥？好好的海墘舞弄變按呢！」

「海象破壞了了，叫阮要去叨位討食？」

「土愈囥愈闊，海邊全變做停車場和大車路，要掠魚沒魚，要風景沒風景，這是要按怎才好？」

黃色警戒線沿著岸邊拉開，抗議字跡憤怒潑灑在白布條上……

「大家冷靜，恬恬聽！」警衛拿著盾牌預防人民情緒激動。

「漂沙越來越少，混擬土消波塊加速海灘侵蝕及陸地流失，海灘必須重新養護……」

「莫講講那些阮聽沒的代誌，錢開一大堆，到底是在舞啥？對阮一點仔攏無好處，是誰人胡八出主意！」

「海岸是大家的，沒人願意看伊被破壞……」

教授對著大聲公疾呼，喊出的話語卻被海風吹了回來，在場民眾完全聽不進去。志祐試著要解釋，而人民的情緒沸騰，他欲要張開的喉嚨自行關鎖住……

一輛輛雙層遊覽巴士陸續開了進來，西子灣前迂狹的路擠滿人車。教授的嗓音完全被淹沒，垂落額前的白髮迎風亂飛……

這時雨自雲層落下，鎮暴員警的阻擋敵不住一場驟雨來得有效。抗議民眾倉皇散去，白布條上的字跡被雨沖洗模糊。教授匆匆離開，老天不讓他說話卻也實際幫了他。

港都的雨來去匆匆，半天烏雲瞬間洗出整片湛藍，濛濛海平面又再潔淨，觀光漁船一艘艘航出，重金屬樂聲轟轟奏響，魚群紛紛走避。而在另一頭的海域，一艘竹筏悠然駛出，船上載滿著飼料，工人將一桶桶飼料裝進箱網旁的大塑膠桶，自動投餌機的旋轉風葉啵啵轉動，飼料便被拋進漁網裡面。

魚在網裡張大了嘴，潮浪衝擊牠們的皮肉與軀殼，石斑、花蟹聚集網底，金亮眼睛直瞪著網外，愣愣聽聞混雜浪裡的鑼鼓和雷聲。

灣岸弧線已被浪襲退到不能再退的防線，教授主導的工程將兩岬頭間的沙岸雕琢成灣，減低潮浪的侵蝕，這作法在國外行之有年，創造許多供應民眾親水的有利條件，而國內民眾看不到這層，一見怪手便要抗議！

志祐身上衣服濕了又乾，他登往打狗領事館的階梯，越往上海面越寬闊，海天相連一片，遠洋巨輪緩緩進港，以雍容沉穩的姿態。他迎著風高聲大喊，進港輪船鳴起汽笛「嗚——嗚——」，志祐的衣裳被海風漲滿，如帆船亦如滑翔翼一般。走下階梯，蘿蔔坑洞裡一對對情侶喃喃私語，夕陽將海平面染上一片金黃。

打狗英國領事館遠眺高雄港／羅有隆攝影

## 2-3 夜市祝融

志祐不自覺地坐上渡輪，便又踏往旗津街上。彈珠臺、套圈圈已經擺出，阿滿姨的攤位棲停在十字路口，大大的「涼」字貼在上頭。冰桶蓋住，彈珠汽水和保特瓶裝飲料浸在冰塊當中，黑眼線畫出阿滿姨的濃眉大眼。

天后宮廟庭前青綠、亮橘色舞臺滴滲著雨水，砰砰幾聲，幕前雲彩上下活動起來。一陣白煙瀰漫，一尺多長的孫悟空戲偶自雲中翻跳至舞臺正中央，祂搔腮抓癢，尖細的猴音吱吱哼道：「我齊天大聖人自菩提祖師那學了長生不老本領而且會曉騰雲駕霧、七十二變……」說著便跳到一朵祥雲上頭，「本大人目前只欠一項兵器……」，說著祂自花果山躍進東洋海底，背後綠葉仙桃轉成湛藍色海景，蝦兵蟹將一字排開，東龍王坐立深宮，孫悟空盛氣向龍王索要兵器，龍王命魚頭將領拿出大杆刀、方天戟，孫悟空在手上揮了揮，「不成，不成，遮爾仔輕的，和我的萬鈞氣力未速配！」孫行者趾高氣昂說道。

天色漸暗，臺前漸地聚集著人潮。

龍王於是央叫兩名蟹將自後宮抬出重一萬三千五百斤的如意金箍棒，孫悟空眼睛一亮，拿起來隨興舞動，砰砰地金箍棒隨意變大變小，祂呼呼喝喝地狂笑起來，速地衝出宮外，於海上掀起大漩渦，眾魚蝦被甩飛出去……

砰砰地後臺傳來霹靂啪啦炮響，一旁燒烤花枝的炭火竄起點點亮紅火星……遊客聚集，天后宮香爐上插滿香柱。

整條街一口口爐火炙烈地燒著，突然間，街上一陣騷動，路人紛紛指向街尾。阿滿姨見那濃煙自大隆的店裡冒出，丟下攤位便往後街跑了去，黑煙持續上竄，志祐跟著疾走向前。附近遊客有的趕忙快跑，有的到對街看熱鬧，前頭戲臺上孫悟空持續大鬧海龍宮，後頭大隆的店黑煙不斷自廚房往上竄。喔咿喔咿，消防隊員拖出水管逕往濃煙處澆灌。

「大隆！你有按怎樣沒？」阿滿姨不顧消防隊員阻擋衝進店裡，大隆自火燒的廚房逃出，灰頭土臉一身濕淋淋，阿滿姨厚厚的粉臉上交錯出一條條水柱……阿滿姨緊跟著大隆，大隆則大聲叫嚷：「小紋！阿慶呢？」

小紋青驚著神色：「阿慶？今晚還未看到人！」

志祐自消防車上拿了條毯子替小紋裹上：「我知影阿慶大概在叨位，我會去找他！」

大隆瞧了志祐一眼，一時也無印象——哪裡冒出這一號人物！

「好佳哉，人平安沒代誌就好！」阿滿姨呼呼喘息，兩條眉毛又往上提。

廚房起火，店裡頭被消防車水柱噴得亂七八糟，志祐幫著小紋將桌椅扶正，辣椒醬如一灘灘的血漬，醬油、蒜泥混融出嗆鼻氣味。

攤架上魚頭金亮著眼睛，蚌殼肉露出，一條條細水柱交錯噴吐著，店前箱桶裡氣泡斷續冒出，石蟳、花蟹、鯛魚……，今晚大家都逃過一劫！

大隆看著火燒後的廚房，心底舊傷隱隱作痛，爐火上頭的天花板燒破個大洞，像艘觸礁起火的船隻。

小紋默默將桌椅歸位，清掃地上汙漬，眼眶不覺紅了起來——命中註定經常遇著風浪，海上陸地都一樣。

志祐幫忙清理，待小紋自低落情緒中回過神，便憂心說道：「這裡沒事了，你——去幫忙找阿慶吧！」

志祐點了點頭離開，廟前路上人潮川流不息，空氣裡混雜著生啤酒及燒烤氣味。志祐的目光沿路到處搜尋——彈珠檯、撥撥樂、旋轉盤射水球，塑膠、陶瓷、絨毛布偶和玩具汽車，一個個圈圈彈落地上交疊著……燒烤雞腿和花枝炭香傳來，志祐突然覺得餓，胃也隱隱地痛著。戲臺上孫悟空持續揮舞金箍棒，擴音器傳出「水噴噴水噴噴——水噴噴水噴噴」的童唱歌聲，阿滿姨在涼水攤前見著了他，遞給他一罐飲料：「少年的，這罐請你，阮小紋真乖，你要好好仔惜伊！」

志祐想要拒絕卻無力氣，渡輪靠岸，志祐站在出口處仔細看阿慶有無混在裡面。

阿慶這傢伙去了哪裡？

志祐站在船艙外頭，將飲料咕嚕倒進嘴裡，瞇起眼，感覺岸上光暈轉繞，海上泛出一圈圈漣漪……

全叔的漁船不在船渠，燈塔前的堤岸也不見阿慶身影。志祐在岸邊碼頭不停地走著，這漫長的一天，堤岸似又被侵蝕了好幾分。

答應小紋要找到阿慶的，而今晚夜深如海，阿慶是不知去向的游魚。湛藍色海映著天光，阿慶應在附近，幾個他經常去的地方都找過了卻不見人影，志祐真不知要如何向小紋交代！

夜越來越深，志祐騎著機車啵啵繞行，代天宮香燭不安繚燒著，燈火搖晃，坤福師在廟庭前打著盹，早睡的老人家都回去了呦！

阿慶家裡一片暗，阿慶到底去了哪裡？志祐再度發動機車，於街角見著一身疲憊的小紋，志祐對她搖了搖頭，請她坐上車一起去找。車流漸少，路與海相接連，港邊的夜全然浸於鹹潮當中。志祐將車停在路邊和小紋坐在石椅上。小紋臉色蒼白如紙，兩道淚水自頰邊流了下來。秀枝走後，她儘量堅強，可是……，志祐將小紋擁進懷裡，泊停前方的船隻吸吮、推送著一條條海的紋線，月芽自雲層當中露出，高樓住宅燈光漸暗，一道月光海自前方延伸過來……

「走，還有一個地方可以去找找看！」志祐靈機閃過，便載著小紋前往上回他帶阿慶去的那家遊輪公司。岸邊泊停了幾艘船，夜釣船陸續出航、回返。

碼頭前一盞盞燈火搖搖晃晃。街燈照出志祐與小紋匆忙的身影，港灣空曠，海風一次次地撲空、迴繞。小紋情急地哭了起來，這時志祐緊抓著她的手突然鬆開，「妳看！」順著志祐指的方向，小紋看到阿慶瘦小的身影蹲在碼頭另一邊，小紋淚水暫停，一肚子氣逼著她衝向前頭——

「小紋，有話好好的說！」志祐不放心地追了上去，小紋迎向前對著阿慶大喊：「阿慶，這麼晚了，你在這裡幹嘛？」她纖細的手緊握就要向前揮出——阿慶回頭見著了志祐，神情恍惚說道：「我找到了，我找到了！」

小紋看阿慶神色怪異，如被鬼魂附身的樣子讓她更加有氣：「找到什麼？你成天不好好上學、待在家裡，你滿腦子到底都在想些什麼？家裡發生了什麼事，你知不知道——你再這樣子，我要叫爸好好教訓你！」

小紋的叫囂被海風吹散，阿慶似乎完全沒聽進去。

志祐往前蹲在阿慶身旁，低聲問他：「真的找到了？你確定是？」

阿慶猛力點頭：「真的，她晚一點就回來了！」

「阿慶，我們明天都還要上學，你不要再鬧了行不行，爸今晚說不定會回家，到時……」

志祐拍了拍小紋，小紋將頭別過去，心底怨著自己這做姐姐的沒能將弟弟管好！

這時阿慶突然自堤防上跳了起來：「回來了，我們家的船回來了！」只見前方一艘夜釣船載著遊客近岸，十來個釣客將救生衣脫下來，手上提著冰桶陸續走出。

阿慶迎向前，志祐跟在後頭，小紋不想理會阿慶的無理取鬧——阿慶為何永遠這樣孩子氣！

志祐跟在阿慶後頭，慢慢地靠近那船，阿慶如在夢中卻又極其清醒，他摸著船，耳朵貼著船腹，嘴裡喃唸著：「是祂，船精靈還在裡面，船精靈有話要說，祂說……」

「少年仔，時間遮晚阮要歇睏啊，要坐船另日再來！」遊輪主人將燈熄滅。

「走了走了！」小紋拉起阿慶往外走！

「改天再來，既然知道她在這裡就不怕找不到了！」志祐幫忙勸著。

阿慶夾在志祐和小紋之間，志祐將他們載回去後一回宿舍便累癱在床。海在漆黑的窗外，志祐神智跌落夢中，似見教授研究室的燈光仍然亮著……

半夢半醒間，志祐只覺得頭直往下沉，潮浪衝擊，於沙灘前迴起一波波漩渦，黛青色螃蟹與鮮紅色蜘蛛纏咬一起，似聞吱吱尖叫吶喊聲傳來，驚懼與憤怒目光兜在一起，然後似見著那將要掘開地面的怪手，慌亂中他將自己越縮越小，鑽進童年。只見一男孩臉靠著船，以手輕輕拂拭船身，驀地眼前浮出一起水霧，那影像漲大如巨人，然後化身為天上似哭似笑的雲彩……

等待出航／羅有隆攝影

灣前防波堤
／羅世煌攝影

鳥瞰西子灣
／羅有隆攝影

柴山獼猴
／呂易如攝影

山豬枷樹叢洞
／鄭元博攝影

# 第三章

# 消波塊和挖土機

# 3-1 驚奇的潛水課

醒時已過中午，志祐又再錯過教授的課。阿慶今天該有去上學吧！志祐坐在長堤上啃著麵包，往遠方望去，似又見著竹筏在箱網間轉繞，飼料桶碰碰轉動，網裡魚蝦嘴巴一張一闔！

圍堤造地的工程持續，白布條迎風無力飄動著……

教授與海陸彷通靈犀，他感覺得到海的波動及岩層傾斜崩塌的危機。深抓堤岸的消波塊將被取走，教授的設計與評估圖不停畫著，一堆堆數據模擬成為潮浪，志祐不覺暈眩起來……彷似又踩在風浪板上，浪湧來，身體上升，潮退落，兩腳跟著下降……志祐顛顛斜斜感覺這一方風帆就要覆沒，風與浪相互衝突，又一起侵襲著他。志祐一次次落進海裡抓著帆架，熱汗冷汗混流一起，風在前風在後，兩腳顫抖，風浪板傾斜著，志祐的手緊抓著鐵架拉著風，調轉身體與風的接觸面，然後他兩腳不服輸地挺站起來，像一艘小小船隻航行海上。

志祐突然想到什麼似地奔回宿舍，向潛水社學長借了配備便潛進西子灣口的水域。

水極平靜但卻黃濁，工程車在不遠處，民眾的抗議聲懸宕半空，海陸氣象全被打亂了。志祐如行滾滾荒漠，感覺一陣反胃，方才吞進肚裡的麵包全部湧到咽喉。志祐緊咬呼吸管強忍著再往下潛，通過幽暗水層到一大片岩層上頭，其間覆蓋著岩蠣、籐壺和管蟲……還有幾隻叫不出名稱的蘚苔動物。再往下，石蕈叢中見著了紅色活珊瑚，志祐腦海圖像不停和課堂的投影片比對——兜兜——兜兜，這應即是海保團體念茲在茲的柴山多杯孔珊瑚，一旁還有幾叢其他珊瑚，一顆顆張開手指，與海中流刺網及垃圾相互拉扯。志祐漂浮其間，感受到海撲撲跳動著……

漂浮物頻頻遮擋視線，幾隻小魚游過，礁岩孔縫中有鰻魚探出頭。志祐以手撥水，雙腳輕踩漸漸地浮到海面，他慢慢游到岸邊，正午陽光晒得消波塊發燙，志祐背著陽光癱躺上頭，一隻螃蟹自礁岩孔縫中爬出，遠遠瞧望著他。堤岸忽高忽低，相連的陸地跟著搖晃，海陸神祇在此交手，無聲吶喊隨著光點盈滿周遭。

環保團體持續抗議，白布圈圍起的海域成為眾人矚目的熱鬧舞臺，遊覽車和觀光遊輪各自繞轉，四周颳起一道道不分寒暑的漩渦……

教授連環call要志祐提供他人工岬角造成的海蝕速度，志祐將自己關鎖電腦前頭，演練各種毀滅與再生的可能。每送出一批數據便惡狠狠地睡上大半天。那晚窗外的雨下進夢裡，志祐意識留於潮浪與沙灘對峙的腦海，不知不覺便醒了過來。

志祐披上外套往早餐店走了去，雨停的清晨顯得格外安靜。志祐心想又有好一陣子沒見到小紋，店廚房應已整建好，近來生意不知如何？至於阿慶那小子——志祐腳步越走越快，就怕錯過和小紋碰面的機會。而一直到他吃完早餐，仍未見著小紋身影！志祐忍不住往小紋家走了去，路潮濕，磚牆加深色澤，志祐在牆圍外探望了好一會兒，而門院緊閉，他只好黯然離開，回到依山面海的校園。

又有獼猴入侵宿舍，這回比之前更無禮，竟把學生房間當廁所，在床上大小方便一起來！受害同學比遇歹徒還要氣惱，索性將整套床墊被褥全部丟棄，嘴裡不停咒罵著：「該死的猴子！」雖然人猴一家親，但還是教人氣憤噁心，宿舍傳來尖叫通常便是發生這類事情。公佈欄貼出猴像，大大的斜畫禁止標誌表達眾人的同仇敵愾，並相互提醒緊鎖門窗，以防猴的侵擾。

談猴變色，猴仍在周遭，志祐拿起相機往柴山方向走，老榕枝葉垂掛露水，雲霧霞彩在柴山上堆積。志祐早聽說這裡是高雄居民的氣象臺，從動物園旁往上走，總覺獼猴環繞。走了段路後自馬路旁小徑往下走，這路之前便聽人說，只是志祐未實際走一遭。小徑既窄又陡，幸有繩索可拉著，青灰泥岩崩落嚴重，志祐的腳步又踩掉一些鬆動土石，之前的氣象局崗哨地基被掏空，一幢空殼架在半空，隨時將自山崖摔落岸邊。志祐隱隱感覺著山海較勁，這力道比教授給他的數字還要怵目驚心。破碎珊瑚礁散布海上、一顆顆沿岸堆積，潮浪衝擊，於礁岩間翻打出一起起碎浪，斷裂的消波塊與珊瑚礁混合一起，潮起潮落於岸上留下一道道刻痕。多杯孔珊瑚就在前方海裡，陽光加溫，荒涼的石灰岩地挺長出厚實的黃金扇仙人掌，利刺鑽出，擠在頂上的花苞爆裂開來。志祐拿起相機拍下幾張，感覺那花裡含藏一股玄祕氣息，燦爛花容有驚恐也有氣憤。

志祐找了塊礁岩坐下來，長年被風剪蝕的山豬枷長得矮小，和馬鞍藤如綠色蜘蛛網般縫補著地表裂縫，跟著地層崩塌或懸掛半空。志祐鏡頭對著喀喀喀連續拍了幾張，眼前一切瞬間即逝，下回再來，這些景觀恐怕都看不到了！

海風吹來，山豬枷葉喃喃低語，再往前，礁灘上聚集著一灘灘淺水，布鞋踩過發出沙沙聲響，感覺身體微微下陷。多年前自海移來的礁岩，陸上棲停幾年後終將回到海裡！正午陽光照得志祐睜不開眼，他半瞇著眼，感覺環繞的礁岩串連一起。一回頭，幾隻獼猴站在礁岩上瞧望著他，眼光似說——山海的祕密，牠們最清楚！

下課後阿慶背著書包跑到遊輪碼頭前，激動地想要登上他家的船，卻被看船老伯迎面將他攔下來：「囡仔，你要創啥？」

「我要坐阮家的船！」阿慶一逕地想要往前衝。

「啥米恁家的船，你在胡八講啥？」看船老伯不懂阿慶在說什麼，用力擋住他。

「我要坐船，坐阮家的船！」

「你是刁故意要來亂的否？要坐船轉去叫恁爸提錢帶你來！」看船老伯每天見著形形色色的人，就沒見過這樣的小孩——年紀這樣小就想坐霸王船，門都沒有！

沒法上船，連船都無法靠近，阿慶只能和他想像的船精靈遠遠對望。阿慶落寞地跑往櫃檯，看著上頭寫的價目表——至少也要一千五。阿慶趕忙回家將存錢筒倒出，數了數，只有七百五，還差七百五，只要這幾天午餐錢節省些，很快便可湊齊。說著說著，他帶著作業和零錢往渡輪碼頭。

廚房火燒，好幾天沒做生意，錢財損失不說，最惱人的是水生又跑來囉嗦，雖是好意要大隆加入行情看好的養殖場，而那語氣態度讓大隆受不了——似在說大隆海上、陸上都不行，秀枝一走，他不但自己沒能力好好過日子，更別提將阿慶、小紋照顧好。大隆最深沉的痛楚又被扯出，惡狠狠地重捶猛踩。大隆表面不好發作，只能咬著牙，說什麼也要忍著！

那天店裡頭一片混亂，水生偏選這時候前來關切，大隆心裡已經夠煩的了還要應付他，好死不死的阿滿姨又在這時提著麻油雞來，想說大隆這陣子累壞了要好好替他補一補，人未到聲先到地便進店裡：「大隆，千萬毋通傷累——來，我專工燉一隻雞來給你補……」阿滿姨話說到一半才見著水生站在大隆面前。

水生眼睛直瞪著豔抹濃妝、身材肥嫩，前凸後翹的阿滿姨。水生早就聽聞大隆不乏女人關心，而今親眼讓他見著了，大庭廣眾下竟然這樣明目張膽！秀枝才走多久，枉費秀枝生前對他義重情深，之前家裡反對時還直說大隆有多老實——「查埔人喔！」水生陰沉著臉離開。

好巧不巧，所有事全都纏在一塊，大隆如定時炸彈般隨時就要爆裂。阿慶聽小紋的話儘量安份，就怕被颱風尾掃到，而現在為湊足船資，他更要多待在店裡，晚餐吃飽多幫忙，以便贏得一些打賞。

街上人氣旺的餐廳貨源流通快速、銷量大，漁貨價格自然可以壓低；銷路不好，拿不到理想貨源，生意當然不容易維持。良性、惡性循環同時進行，弱勢店家只能眼睜睜看著客人過門不入，盡往爆滿的店裡擠！

廟前路上招牌林立，魚蝦圖像肚腹裡透出冷冷光芒。整條街展售著魚蝦螺蟹，蒸煮醬爆或紅燒，最終皆進到饕客肚裡。

廚房裡烈火轟地竄燒大鐵鍋，各家鐵鏟拚命翻炒。碰碰地，加臘魚被敲昏了頭，利刃剖肚，幾個月來吸收飼料的腸胃被掏挖出來，悶悶存活又不明所以地死去……，鐵鏟繼續翻，青灰蝦蟹於鍋裡變紅。

近海漁獲越來越少，連以前一些下雜魚也極少見，本土的野生海產價高又沒貨源，大隆在心裡感嘆著早先像蝦蛄擻、角蝦或醜得讓人不想吃牠的石頭公，現在都很難搶到。之前抓到豆腐鯊，魚翅割掉後隨即將魚肉支解，載出去填海，誰會想要吃牠，如今海魚越來越少，連豆腐鯊都有人搶著要吃！

大隆自冷藏櫃裡拿出一塊鯊魚煙切片，現在的客人有錢又捨得吃，海產看似豐盛，其實吃進肚子的已不是當年的美味。大隆操持鍋鏟的兩手不停拌炒，海的內容變化，捕魚的人最知道！鐵鏟舀一堆蔥薑蒜倒進熱油鍋，炒著炒著全然不知鍋裡面是何滋味！大隆趁空檔燃菸抽著，往外看，又見阿慶恍惚失神，伸出手便往他的頭拍下去：「不去寫功課閣在遐憨神啥！」

阿慶如夢初醒般，八帶的影像及透過魚蝦跟他說的話全被拍落地上！厚鱸躺在碎冰上金亮著眼睛、蛤蜊噴出或高或低的水柱……，阿慶無精打采地站了起來，拿起盆子將客人留下的殼骨廚餘收拾乾淨。

「腳手卡扭掠的！」大隆廚房爐火呼呼快燒，小紋不停和客人商議海產作法——清蒸、紅燒、煮湯……

阿慶不是勤學的孩子，但他清楚在大隆跟前他得要警醒些，餐桌要收，得空還是要做做樣子，把功課拿出來寫，嘈雜人聲中，手上的筆拿起來特別笨重。他眼睛不時抬起來觀望四周，拉回作業簿時總感覺筆在紙上不停跳躍，阿慶必須提醒自己將筆畫縮小再縮小，以便讓字能塞在方格裡面——似如箱網裡的魚不得輕舉妄動，頭尾一擺動便被鐵網打了回來。

阿慶心神周旋在功課與客人當中，一會兒幫忙拿濕巾送碗筷，客人一走趕緊將桌上殘骸收進盆內。他知道表現勤快，小紋、大隆看他的眼神就會柔和些。

十點過後，店裡生意正好，大隆卻嚷喊著要阿慶先回去，手一邊伸進褲袋掏出五十、一百給他。

「太好了！」阿慶在心裡頭歡呼，離上船的日子又更近些！

天后宮前舞臺時拆時搭，地攤前的套圈圈散落一地。

「呷燒呷涼攏有喔！」阿滿姨的吆喝聲滿街傳響，熒熒燈泡與日光燈交映……坐上船，遠觀近看岸上燈火，阿慶等不及要告訴志祐這計畫，志祐應該會陪他。

熬過期中考，重新恢復面對世界的知覺。抗議群眾拉出新的白布條，反對聲浪自平地延伸到山上——反圍海填地、反岸邊施工、反政府枉顧民眾安全、反建商加速柴山地勢崩頹、反民宿、餐廳進駐……投影光束打在講臺前的布幕，教授秀出各種圖片與數據，講解著海洋重建的理論——如何提高親水領域、如何穩定土石，確保居民安全，教授的聲音漸地微弱，海風吹打窗玻璃，風沙襲襲，民眾抗議隨潮浪波波起湧。

教授的白髮翻出，眉間皺痕漸地加深。

人力難以回天，志祐在筆記旁畫出一輛挖土機，機械怪手伸進海裡，海潮凝聚出另一隻手臂與之對抗，一旁環繞的礁岩隨時就要加入戰場。

五月天候漸熱，居民的憂心與情緒漸地強烈，有人拿木棍搥打載土貨車，燙熱的車身發出硿硿聲響，陷進沙裡的輪胎就要爆裂。

遊覽車一輛輛駛入，校門外停車場擁塞，吵著鬧著，待夕陽西下，海天映現整片霞彩，激烈情緒頓時轉為溫和。天色昏暗，海上轉黑，抗議布條隱形，一行程延誤的導遊拿著大聲公對著團員吹噓：「這海邊風景就這時候最美！」大陸客紛紛拿起相機拚命拍，「好美，好美！」

蘿蔔坑洞裡仍然儷影雙雙，志祐突然思念起小紋。

步下渡輪走在旗津街上，越往前志祐心情越緊張，小紋家店前圍聚幾個客人，小紋正拿著菜單為客人介紹海產，熟練殷勤卻少笑容。志祐想過去和她打招呼卻又遲疑——小紋正忙著呢！無形箱網將她圈圍住，志祐進不去小紋也出不來！志祐來回地走著，決定還是不要去打擾，正要折返，這時眼尖的阿慶自店裡頭衝出來：「志祐哥，你怎麼會來這裡，我最近正想找你說！」正在秤魚的小紋於是抬起頭，志祐被阿慶拉著來到店前，小紋微笑點頭，臉上泛起兩朵紅暈：「最近很忙？」

「考試，期中考剛考完！」志祐欲言又止。

「志祐哥，我告訴你，船精靈回來了，我去問過……」阿慶不顧志祐心不在焉，急著要說出心中計畫：「等錢存夠……」他儘量壓低聲音，希望志祐能了解又怕被小紋和大隆聽見。志祐眼尾直往小紋方向瞄，小紋站在店門口用尖細的嗓音反覆地呼喊：「呷飽呷巧，炒麵炒飯攏有喔！」

大隆的目光自廚房裡望出：「這小子——想要做什麼？」

幾桌客人喝酒聊天，海瓜子、鳳螺殼在塑膠桌布上積成一堆堆小山。

志祐感覺挺不自在便急著要離開，阿慶好不容易才等到志祐怎麼可以不把話講完：「等會兒……」阿慶轉頭向小紋：「姐，妳告訴爸我有數學要問志祐哥，今天早點回去！」

「你自己去跟爸說啊！」小紋擔心阿慶又要耍什麼花招，這陣子才覺得他乖一些，千萬可別又……

「姐，拜託啦，我真的有問題要問！」阿慶急忙收拾書包便要跑走，這時大隆正好走出來。

志祐趕忙喊了聲：「伯父！」大隆點了下頭說：「很久沒來了！」轉頭忍不住要再叮嚀阿慶兩句：「暗時卡早睏的，毋通一四界趴趴走！」

「我知啦！」阿慶如得解脫般急著要逃，志祐忍不住回頭再看小紋，桶裡魚蝦啵啵跳動，無形箱網又在後頭串連……

「志祐哥，我剛說的你聽清楚了嗎？」阿慶忍不住問。

「什麼？」路邊的炭烤花枝香傳來，志祐這才意識到自己還沒吃晚餐，自口袋掏出錢買了兩隻：「先吃再說吧！」

阿慶雖然不餓但仍將嘴塞得滿滿，一邊心急說道：「早說好要出海的，我已經在存錢了！」

想起約定，志祐不會黃牛但也不希望阿慶這樣投入！海況不好，什麼船精靈都沒用，而阿慶似乎不受影響，他仍相信只要離開岸邊，只要搭上有精靈的船隻，便能重新尋得潮浪節奏，找著龍王蝦蟹藏匿的處所。

兩人繞往附近沙灘，堤防上只剩零星遊客，潮浪暗地翻捲，阿慶還是嚷喊著海這樣寬闊，怎麼可能會沒有魚：「以前冬天，天氣一冷，爸便好開心，志祐哥，你看過整個海面上都是魚嗎？」

阿慶記得有次大隆遇到一大群烏魚，據他說海面像沸騰了一樣，漁網向海中一撒，滿滿的魚重得幾乎拉不上來，那年阿慶他們過得特別好，那也是阿慶記憶中大隆嘴巴笑得最開的一次。

腳下傳出保特瓶被踩扁的聲響，阿慶正要再補一腳將它踢開。

「等一下，你看！」志祐蹲下身體，將自保特瓶裡逃出的寄居蟹接進手掌心，蟹腳輕觸志祐手指，志祐感覺著牠來自大海的體溫，鹹潮的海風吹著，志祐將寄居蟹放回沙灘，希望牠回到適合的居地。

大海遼闊，入夜整片黑，岸上燈光如何也照不著遠方的海。

漁市場早已打烊，市場、堤防邊仍有婦人兩手停不下來，在盆子裡挑揀蛤仔或海螺，一旁則有長者獨自或三兩聚集著抽菸，有一搭沒一搭地聊著天。

志祐忍不住問起阿慶：「你姐通常什麼時候回家？」

「不一定啊，通常都十一點過後了！」

志祐看向遠方，廟前路上仍然亮晃晃地，觀光客川流不息。

「回去吧，免得又被你爸罵！」志祐站起來帶著阿慶避開大隆的店往渡輪方向走。渡輪來回將月光自東方往西邊拉，下船後阿慶忍不住再問：「你會跟我出海吧！」

志祐摸了摸阿慶的頭：「放心吧，什麼時候你準備好，就跟我說！」志祐送阿慶走到巷口，本要回宿舍兩腳仍向船渠走了去。船隻有的泊停有的還沒回來，潮浪輕輕晃動，渡輪前仍有機車聚集，排氣孔賁賁冒吐著黑煙。冰店前坐滿遊客和學生，冰雪消暑，年輕躁進的生命在蕭條老街穿梭，舊街巷裡開有新店面，蒼老騎樓中有粉紅姹紫色的Hello Kitty貓身影。

志祐在渡輪站前徘徊，看著一波波人潮湧出旋又消散，這都市的邊緣擁有山的屏障及大海出口，自然形成一種特有的生活節奏。志祐特別喜歡潮浪起湧的感覺，胡亂在街上吃了碗拉麵，心想該回去了，眼光腳步卻仍眷顧著一艘艘回返的渡輪。

十一點過後，人煙漸少，志祐總算見著小紋自碼頭走出。他兩腳加速迎向前去。

「天天這樣晚？」

見著志祐，小紋露出疲累笑容，一開口還是問：「阿慶呢？」

「他早就回去了，放心，他不是什麼壞孩子！」志祐陪著小紋往回家路上走，昏暗中代天宮裡仍有煙香祈福。

「店裡生意好嗎？」

「還好，雖然和前面幾家不能比，但勉強還可以啦，倒是阿慶這孩子之前成天神經兮兮的，最近雖然好一些，但誰知道他腦子裡還有什麼怪念頭，你看，」小紋自袋子裡拿出一張阿慶的四格漫畫，第一格畫一艘漁船，明顯是她家已經賣掉的那艘，船上坐著一個像阿慶的男孩，船腹裡有神祕亮光；第二格，船出海與怪獸打鬥，場面激烈熱鬧；第三格怪物被驅逐，另一男孩乘著條大魚前來；最後船上男孩縱身跳下，與海上男孩一起乘著大魚離開。

「畫得還不錯嘛！」志祐看後不覺笑出，小紋則憂心說道：「昨天到阿慶學校，老師說阿慶成天恍神，擔心他受之前班上小朋友被海浪沖走的刺激，精神出現問題。你覺得會嗎？你說怎麼辦？」

「應該還好吧，他只是對海裡的魚變少這件事不能理解！」

「可是他經常對著魚自言自語！」

「小孩都是這樣的啊，我以前也常對著我家的狗自言自語，尤其是被我媽罵的時候！」

小紋忍不住笑了出來。

「好啦，別想太多了，要吃點東西嗎？」

小紋搖了搖頭：「太晚了，明天一早還要上學！」

志祐陪小紋走回家，刻意放慢腳步，兩人地上的影子隨著街燈不停轉繞。

船渠一隅／方秋停攝影

# 3-2 望海的柴山獼猴

手機鬧鈴響時天已大亮，志祐衝出宿舍，老榕前的庭園餐廳散坐零星客人，裊裊咖啡香甦醒著早晨，法輪功會員已和天地合一，汲取了大自然英華，一進系館，住武嶺的同學描述昨晚獼猴又再入侵的情形。

「真是太囂張了，也不想想誰有繳宿舍費！」

「就是啊，誰是主人一點都沒搞清楚！」

「誰是主人？沒看到外頭那些拉布條的民眾嗎？有人說該離開的是我們！」

「什麼？是我們先在這裡的啊！」

「誰管你什麼時候到！」

「要不是我們在這裡復校，這裡哪會這樣繁榮？」

「少在那邊自以為是了，人家覺得我們享地利之便，獨佔資源太久，還對海岸造成破壞！」

「真是天地良心啊，對西子灣的環保我們可是盡心盡力啊！」

「沒人相信的啦！事實擺在眼前，背山面海的觀光商機，誰不想來分一杯羹。」

「說到哪去了？你們通通給我閉嘴，最早來的是我！」阿猴駝起背伸長了手，上下唇內收，一臉猴樣地說。

「干你屁事，閃邊去！小心人類把你們滅絕掉！」其他同學群起攻之。

海浪繼續在山下翻湧，鹽霧蒸騰，含潮視線濛濛著。

陸上吵得沸沸揚揚，柴山、多杯孔珊瑚於海底緘默不語。教授不斷要求新的數據，統計速度似總趕不上海岸陸地的變動情形，人工岬石及養灘工程依照進度進行，民眾的抗議不曾暫停，寧靜校園面對著喧鬧的舞臺。

志祐和阿猴負責柴山桃源里調查，阿猴高興正好可趁這機會到山上溜溜。

「走吧，帶你回老家！」志祐啟動機車便往柴山，從元亨寺往上，經停車場繼續向上，過兩個鐵門左轉遇岔路右迴轉上山，這裡的路志祐相當熟，之前夏令營常帶小朋友上來，至咾咕石路面時有一段崎嶇的陡坡，很多單車族會下來用推的。再往前經鳳凰臺海景漸地寬廣，幾個迴轉後便到可俯瞰高雄市最好的景點。

志祐將車停下來和阿猴往步道走，銀合歡林蔭環繞，私闢休息區造成地表裸露、土壤流失、土層劣質沙漠化，走到這裡他通常會跟小朋友講解土石保育及動植物外來種入侵的問題。

志祐目光一掃便見著黃金葛和合果芋，連忙順手將之摘除，免得它們又猛生狠長，將山上原生物種全給滅絕掉。唉，人和自然相爭，物與物之間也不相讓，無聲的戰爭於山海間永不止息。

「咦，怎還沒見到你家人？」志祐忍不住要逗鬧阿猴。

「什麼？」阿猴將唇內縮，發出吱吱的猴叫聲，便跟著往西海岸山麓走，山海宮坐山面海，順著階梯往下走，前方是座消波塊堆砌起來的小漁港，兩艘竹筏停泊淺灘，另兩艘則停岸上。

「志祐，你看這裡的水泥地都裂開了！」志祐蹲下來一看——果然，沿著坡地到岸邊，到處出現龜裂，地層正在崩落，斜坡上的鐵皮屋隨時就要崩塌。

岩間到處丟棄魚骨蝦殼、塑膠袋和便當盒，腐爛氣味加上魚腥臭，阿猴聞了只覺受不了：「志祐，快點拍一拍啦，這裡可還真臭！」

「搞什麼嘛，枉費這裡的view這麼好？」

「view好有啥屁用，都嘛是view好惹的禍！咦，你看——」

前方一個老漁夫蹲在岸邊整理漁網，他們連忙走了過去：「阿伯，你還在整理漁網喔，這陣子甘掠有魚？」

「加減啦，掠有掠沒嘛是要掠，若無是要按怎？」

「這裡的地一直下滑，你甘袂煩惱？」

「煩惱，煩惱啥路用？只希望天公疼憨人，時到時擔當！」

老伯只管將纏結一起的網線分開，並將破損重新縫補起來，任由陽光一逕曝晒他乾枯的身影。

志祐和阿猴看了無奈又能如何！

往上爬往桃源里，人煙漸地增多，一家家土雞城、景觀餐廳、露天咖啡座林立。

「志祐，什麼時候學校附近有這麼多好吃好玩的，我怎麼不知道？瞧，還有民宿呢，我才多久沒上來而已！」

「傻猴笨猴，地盤都快被搶光了還不知道，只會入侵學生宿舍！」

「臭人類，得了便宜還賣乖，看我怎麼修理你！」阿猴隨手自地上撿起根木棍伴作金箍棒迎空揮舞起來。

「快別鬧了，調查報告你到底要不要做？」

「休息一下好不好，很餓了耶！」兩人順路走進搭建坡上的觀海庭園餐廳，餐廳座落在凸出的岬角上頭，海景盡收眼前。

「哇塞，這景亂棒的，比我們學校還屌！」

「難怪越來越多人喜歡來這！太美了！」

志祐拿出相機對海按了幾張。

服務生端來飲料，踩過地板發出空空洞洞的聲響。

兩人一口氣將紅茶喝去大半杯，喘了口氣後，感覺海風自四面及腳底下吹了上來，突然有種很不踏實的感覺。

一隻寄居蟹橫過圍欄爬到志祐他們桌上，志祐伸手摸了摸牠，牠旋奔逃往海的方向。

「志祐，你覺得這裡陸退的情形真有他們說的那麼嚴重嗎？」阿猴自木頭縫隙見著底下下滑的坡地。

志祐聳了聳肩，不禁嘀咕了起來：「或許吧！教授不是說一年大約下滑十公分嗎？珊瑚礁石灰岩這麼脆弱、青灰泥岩不容易排水導致地滑，懂越多的人越憂心，難怪教授整天愁眉苦臉。唉，偏偏生意人只看得到商機，他們才不管什麼土地承載或過度開發的危機！」

「志祐，你越來越得教授真傳了，說起話來還挺頭頭是道的嘛！」

「走走走，隨便找都是證據！」他倆於是碇碇步下建在珊瑚礁上的平臺，只見一條條排水管直通向海，沿著柏油路往上走，越往上房子越密集，到處見著因位移與侵蝕而瓦解的水泥平臺，志祐又隨意拍了幾張，再往前走，見著一老人家蹲在路邊抽菸，不禁好奇問道：「阿伯仔，恁家住這？」

老人家點了點頭，繼續抽菸。

「阿伯仔，聽說這的地不穩，坡地常常崩落，恁甘袂煩惱？」

「煩惱啥？自我做囡仔時四界攏嘛聽說會崩落，我不是好好活至這陣！」

「不過最近親像特別嚴重？」

老伯家面向馬路的牆和地基明顯露出裂縫，他喃喃說道：「厝走溜去，補補就沒代誌，看要溜去叨位，上好溜去海邊風景上好！」說著繼續抽他的菸。志祐和阿猴一時詞窮，提起腳步就要離開，老伯在他們後頭嚷喊著：「莫聽遐的啥物專家亂亂說，阮住遮久啊，叨位危險阮上知啦！」

志祐和阿猴往回程路上走，銀合歡撐起一大片綠蔭，老伯的聲音還在後頭，獼猴四處觀望著。

海上風雲
／羅世煌攝影

海港氣象
／鄭元博攝影

# 第四章

# 海上熱氣旋

## 4-1 風雨夏令營

堤防圍起，貨車載來一車車沙土，校門外海灣一片黃濁。工程車和遊覽車交錯，志祐騎著機車夾在其中，含鹽太陽讓他幾乎睜不開眼睛。暑期夏令營將要開始，志祐想問阿慶要不要來幫忙。這小子還在等船精靈嗎？阿慶家屋裡沒有亮光，看似無人，志祐發動車子想著要不要搭渡輪過去旗津，剛好見阿慶自代天宮前走了過來。

阿慶一見著志祐臉便笑開來。「志祐哥，我快存好錢了，你一定要陪我去喔！」

志祐摸了摸他的頭：「最近有乖一點嗎？暑假要做什麼？來幫忙帶夏令營好嗎？」

阿慶點了點頭，只要志祐挺他，要他做什麼都好。

營隊籌備積極進行。高雄無冬天，夏天酷熱異常，暑假同學紛紛返鄉，志祐卻離不開這片海，以及……

人工岬角完成第一期工程，民眾批評說他們把海邊弄醜了，殊不知若無人力挽救，沙地不停流失，到時連居住地都保不住，還談什麼親近海洋？小紋畢業後留在家裡頭幫忙，生活圈縮得更小。白天沙灘氣溫飆上四十度，海水騰飛上天堆積出厚厚的雲層，而後一道道閃電自天空竄出，轟地急雨猛降，海天一片氤氳，海港徹底被刷洗，氣溫隨之下降好幾度。

夏令營開始那天，熱帶低氣壓於南方海域漸地形成，緊急會議頻頻召開，延期、取消聲浪不絕於耳。而熱氣旋龜步走走停停、甚至折返再來，陽光燦爛如此實在沒有退卻的理由，活動於是照常舉辦。

志祐這組加阿慶共十三位小朋友，受阿猴精神感召名為潑猴隊。他們從校園往柴山上走，沿途停看聽，小朋友們既聰明又具好奇心，總能尋著志祐預期之外的寶貝。史丹吉氏小雨蛙、臺灣草蜥、蓬萊草蜥、臺灣滑蜥、眼鏡蛇、鳳頭蒼鷹、大冠鷲、赤腹鷹、灰面鷲、小燕鷗……，尋寶圖上列出山上可能出現的物種，能夠見著多少全靠運氣，阿慶如地頭蛇般帶領他們走未走過的路。志祐忍不住憂心：「阿慶，腳步放慢點，安全第一！」

「小朋友，你們知不知道柴山整座山是什麼岩層構成的？」

「……珊瑚礁？」

「說對了一半！它是石灰岩構成的孤立泥岩山丘喔，所以你知道這裡以前出產什麼？」

「……水泥嗎？」阿慶似聽大隆說過，以前全臺灣建築需用的水泥很多都從這裡開採，所以他們小時候這裡整片灰濛濛的，連山腳下的房子都被波及了呢。

「對啊，你們能想像那樣的環境有多糟糕？還好後來停止礦採，加強復育，才有我們現在所看到的情形！」

小朋友憂慮的神情隨之鬆放，然後阿猴跳了出來，做出獼猴搔癢動作，小朋友個個臉上露出笑容，「你們別顧著笑，待會兒遇到我的兄弟，千萬不要驚慌，也別拿東西餵牠們，記得有香味及閃閃發亮的東西要收好，隨身物品要拿緊些！」孩子們被說得有些緊張。目光還顧周遭林蔭。後面的小女孩突然尖叫起來——

「吱吱——」原來是阿慶自後頭假裝獼猴身手，瞬地將女孩頭上的帽子給搶走。所有人全都回過頭——阿猴於是吱吱地跳到阿慶跟前，作勢如老猴在阿慶頭上敲了一記，然後將他押至身邊：「小猴莫再頑皮，否則看我如何處置你！」

「好了別鬧了，趕快觀察，這裡可是生態寶庫！」林間仍見著黃金葛、吊竹草，志祐順手將它摘採掉：「你們知道這些植物會妨礙其他樹木，破壞原生物種的生長！」

一旁有袁尾藤攏盪，並開出幾朵黃心白花。

而後又聽到阿慶高聲喊出：「雷公槍！」

大夥圍集一起，只見地上長出一根細長綠莖，兩截頭尾相接：「這是什麼？長得蠻醜的！」志祐連忙說：「之前沒看過吧！這是密毛魔芋的花，最高可長到將近兩個人高喔！」

「你們不知道嗎？這是雷公預先插在這裡的武器，要用時，轟地抽起來看該劈誰就劈誰！」

孩子們有的嗤之以鼻有的露出驚懼神色。遠方的雲正在堆積，和平常的午後不太一樣。

山路漸陡，厚雲自頂上壓了下來，志祐接到電話指示颱風行走速度加快，營隊須提早結束讓孩子們回家，「回去吧！等天氣變好再來。」正打算要收兵折返，突然有人發現：「阿慶不見了！」

阿猴立即清點人數，仔細一算——十二隻猴，「阿慶呢？剛剛不是還在嗎？」志祐焦急起來，「怎麼會？」連忙要小朋友集中到附近的涼亭不要亂跑，和阿猴兩人分頭去找，「阿慶、阿慶……」雲還在堆積，聲音傳不開，樹林外的海濛濛一片。

「到底跑去哪？」志祐和阿猴又回到涼亭，「這裡他熟得很，應該不會迷路！」

「猴子，有猴子！」小朋友叫嚷起來，其中一個說道：「阿慶會不會被猴子抓走了！」、「或許他變成猴子了！」孩子們喧鬧起來，情緒裡混雜著擔憂與興奮。

「不要亂猜！」阿猴異常嚴肅，小朋友頓時安靜，然後有人發現前方岩層當中有個坳洞，志祐與阿猴相看一眼，「這傢伙！我進去找他！」

「讓我去好了，你在這裡看著其他人！」阿猴說著拿起手電筒便爬進洞裡，兩壁直立相夾出僅容一人側身而過的洞穴，阿猴摸壁前進，一邊叫喚著阿慶，叫聲被彈回然後消失，阿猴以手抵牆，兩腳小心挪動，就怕跌跤摔破頭：「阿慶，你有在這裡嗎？」阿猴繼續往前走，感覺水流自頂上滴下，之前便聽聞柴山上有鐘乳石洞，一直沒機會進來瞧瞧，這回拜阿慶之賜進洞，卻是這樣倉促狼狽！往下走了一小段路便中斷，橫在前方是陡峭岩壁，這下慘了，難不成必須往回走，正遲疑時，聽到壁間垂掛爬梯碰打岩壁的聲音，漆黑中舉頭一看，頂上一線光自壁縫穿透進來。阿猴趕忙手抓梯繩往上爬，正爬到一半時，聽見阿慶伸頭進來對著洞內嚷喊：「阿猴，你怎會爬進洞裡，長這麼大了還這樣頑皮。」阿猴一聽便沒好氣地，加快腳步往上爬，打算要好好修理阿慶，出洞時天已昏暗，雲層壓到頭頂。

「快點下山吧，好幾個家長打電話來了！」

一行人匆忙下山，越往下天越陰沉，海在遠處怒吼，感覺它越積越高，張大了嘴似要狠啃猛咬碰觸到的一切。「小心，快走！」未到山下，小朋友便一個個被接走，最後只剩下阿慶。

「走，我送你回去！」志祐知道不會有人來接阿慶。

阿慶眼盯海上，隱隱感覺浪一波波堆高，至岸邊猛力撞擊施工中的堤岸，風斜雨驟，千根萬線更愈激怒自四方湧起的波浪。

「風雨越來越大了，快點回去吧！」志祐催促著，而阿慶兩眼卻仍緊盯著連往燈塔的堤岸，浪從怒吼轉成為狂嘯……，志祐見阿慶的癡傻模樣便知他又想起了八帶。志祐的手機響了起來。

「有，在我旁邊。好，妳那裡還好嗎？」電話掛斷，志祐即刻押著阿慶往回家的路，兩人雨衣被風吹得啪啪響，船渠裡一艘艘被帆布覆蓋的船鼓得滿滿，被迫回家的阿慶一臉失神。志祐送阿慶進屋馬上到碼頭去等小紋，風浪持續加大，渡輪倘若停駛小紋就不方便回來了。

路上人車變少，志祐見著小紋便迎向前去，這樣風大雨大的夜晚，志祐希望能陪著小紋一起走。風呼號，灣裡的船和岸邊房舍皆露出恐懼神色。颱風一來天君海神同怒，人於此時顯得特別渺小！無法撐傘，小紋藏在雨衣下的臉龐看起來更蒼白，志祐緊摟著她，擔心她被風吹走似的！

「爸今晚會留在店裡——他不放心！」小紋說這話時神情顯出落寞，秀枝走後，大隆鮮少待在家裡，屋簷下空隙越來越大，怎麼填都填不滿亦不知要如何填！

代天宮前懸吊的燈籠被拆下來，整間廟似艘大船，即將面對狂風巨浪。志祐和小紋的腳步不得不加快！

「快回去吧！」小紋到家時催促志祐快點離開，志祐不想走卻無留下的理由。風在他回去的路上打轉，才走到船渠手機便響起來——是小紋，怎麼啦？

「志祐，阿慶他不在屋裡，他跑去哪裡了？」

「怎麼會這樣？剛才明明送他回家了啊！」志祐即刻折返，威力加劇的風自他背後吹了過來。阿慶這傢伙難道是利用他去接小紋的空檔偷跑出去？這小孩到底在想些什麼？長長的雨被風吹亂，路上無人，志祐飛奔雨中，走到一半只見小紋自前方跑了過來：「這種天氣他還亂跑，他到底想做什麼？」小紋氣得眼眶泛紅，兩人直覺地便往觀光漁船碼頭方向衝，一道道閃電自烏雲當中閃裂開來，海陸相互接連又彼此仇對著。

一波波巨浪如被惡靈附身般，於堤防前陰慘呼號、狂跳……

風雲變色，鳥歸樹林船靠岸邊，阿慶到底心生什麼怪念頭，又受到什麼奇特感應？小紋越想越著急，雲腹間閃現著幽光，青亮瞬間映出魑魅輪廓，顯露出大海的陰暗與險惡。雨越下越重，憂心壓彎了背脊，志祐緊抓著小紋快跑，渠道排列的船繩鞭打著桅杆，帆布鼓脹著不明氣息。路上到處積水，海上漣漪接連到岸上，他們疾步走，雨水淋濕，阿慶的名字散落在雨中……

碼頭無人，觀光船整排棲停灣裡，船與船相互碰撞，發出硿硿硿聲響……小紋與志祐到處張望——四處無人，小紋更愈著急，直覺阿慶應該在這裡但卻沒有。

「他到底跑去哪了呢？」小紋忍不住哭喊出來，淚水流出即刻被雨水給沖散。櫃臺裹著帆布，船如被鎖在一起的牲畜，於風雨威嚇中抽搐哽咽著。路燈勉強撐挺著，風雨經常扯開真相，強迫人面對不堪的事實。小紋自小聽聞太多港灣悲劇，許多都和風雨有關連，小紋不願多想，「阿慶，阿慶……」她情急叫喚，聲音隨風呼呼亂竄旋又倉皇四散。

雲層時而青亮起來，照出玄祕的地域，魚頭蝦身、龍頭、蟹腳於雲層中莫名組合，小紋想起阿慶平日胡言亂語的龍王、海怪以及他那叫八帶的同學在哪裡等他的事，不覺更愈煩心，她自責是她沒將阿慶照顧好，她不該只想著自己的辛苦，一味要求阿慶乖乖做他們認為該做的事，「都怪我！」

志祐將小紋摟進懷裡：「先別亂想，我們再到前面找找看！」志祐亮開隨身帶的小手電筒，牽著小紋鑽過船家圈圍起的護欄，一點光亮照出斜飛的雨，風聲環繞，船身變化成一幢幢低矮房子，志祐確定阿慶藏在裡面，越靠近，浪撥船舷的聲響越明顯，浪激動，船獸吠吼，噗噗躍躍發出喘息與心跳……志祐的手電筒和雨交會，從岸邊繞轉然後往船上照——小紋看不出哪一艘是她家的船，一條條拴綁漁船的繩索時緊時鬆……

繞到船後，仍未見著阿慶，志祐正想著是否該要報警，卻見阿慶穿著雨衣出現前方，遮蓋被風掀到後頭，小紋情急地賞了他一巴掌：「颱風天你跑來這裡幹嘛？你不要命了嗎？」

志祐連忙向前阻擋：「小紋，妳這是何必，人找到就好，我們快點回去吧！」阿慶整個人像失了魂，正巧這時有輛計程車經過，志祐順手一攔三人便上了車！

晨釣港灣／方秋停攝影

## 4-2 怒吼的礁岩

雲越壓越低，雨勢時而洶湧時而詭譎地暫停，志祐回宿舍脫掉雨衣，換上乾淨衣服後躺在床上，木床如舟晃著、搖著，窗被風拂得砰砰響。志祐腦前不斷浮映起阿慶的神情、以及他經常提到的船精靈……

夜半一直聞見窗戶砰砰聲響，感覺床不斷隨浪上湧，不一會兒又往下降，然後聽著玻璃窗掉落的碎裂聲響，咻咻地，天上雲聚集如巨人鼓脹的嘴，祂用力一吹，船傾斜，折斷的樹枝一根根掉下來。志祐摸黑踩下床，於桌上找著手電筒，心裡惦念著小紋他們。風繼續夾帶著雨水自窗縫滲透進來，室友紛紛醒來，阿猴叩叩敲門：「你們還在睡嗎？這颱風超屌，聽說武嶺全都進水。」

志祐和室友用畚箕將窗底積水舀進水

桶，不時聽見外頭門窗砰砰被用力關甩上的聲音——眾神決鬥，渺小人類只能藏匿起來，阿猴故意將手電筒往自己臉上照，做出鬼魅般的猴腮臉：「吱吱，風好大讓我進屋裡跟你們一起！」

「臭猴子，回去你的樹林。」志祐忍不住說：「你猜這時浪有多高，蓋一半的堤岸岬角會被沖毀嗎？」

志祐想起教授經常要他們估量的那些數據，不禁唉地嘆息出聲！

「唉，人哪爭得過天？教授哪算得準老天爺的脾氣！」

天災降臨，阿猴悻悻然回去，志祐搖搖晃晃回到夢裡。

第二天醒過來時已過中午，風雨平靜，宿舍近窗樓梯一灘灘積水，校園到處橫躺著折斷樹枝。灰藍疲弱的天空驚佈著陰霾。炎夏之日難得涼爽，志祐走到堤岸前，攔沙護欄被風浪沖毀，工人忙著修復，一中年工人邊鏟土，嘴裡一邊喃唸著：「一擺風災，一回劫數，風雨上界無情！」挖土機傾斜陸上，千萬隻無形手爪埋伏海裡，一雙雙神奇的眼藏匿雲層當中。

志祐前奔自鼓波路轉濱海一路，地上積水已到腳踝，踏水而過，這附近以前果然是海，以後或許也是！阿慶家前方已成條河，志祐在門前喊了幾聲，出來開門的是阿慶，小紋到店裡去了。阿慶說家裡積水，東西都拿高了，不方便讓他進來坐。

「沒事就好！」志祐轉頭要走，阿慶愣愣地看著他，眼神裡有企盼和渴求——「好吧，我想到柴山上走走，看你是不是要跟！」阿慶一聽志祐這樣說，落寞神情即刻亮出光采，關鎖上門便緊跟著志祐。颱風天，海天混合蝦蟹貝殼易位，游走海上的船精靈有的離開有的靠岸——八帶，八帶呢？阿慶經常會想起八帶，尤其在和他離開那天一樣的天氣。

路上積水漸地消退，人車又再出現，經船渠時見全叔在船上，阿慶忍不住高喊：「全叔，你的船還好嗎？」說著便登上船，志祐也跟著上去。只見全叔忙將被風吹歪的桅杆扶正，拿著鐵鎚將鬆脫的船艙木板釘牢，嘴裡一邊叨唸著：「掠無魚閣厚事故，親像飼牛犁無收成，要賣掉不是不賣掉也不是！」

「全叔，留著啦，只要有船就有魚，我相信！」

「相信有啥路用，船要呷油，沒收成叫我去叨位生錢？」全叔滿腹牢騷，嘴吐出的菸與周遭水氣霧成一片，兩眼似更茫然。

阿慶喜歡在船上，空間雖然不大，卻像站在親近大海的跳板，可以更接近海之心。全叔拿著鐵鎚這裡敲敲那裡打打，喃唸著：「天的代誌，人是要按怎煩惱？」便不想再多說話！

志祐和阿慶識相地下船，經校門後便往柴山上走，風帶著尾勁，路樹劇烈搖晃，一些樹橫躺地上。

朝海邊方向望，浪高且巨，礁岩被打得顏色更深，阿慶直挺挺站著，衣服被風吹鼓起來。

「坐下來吧，別被風吹走了！」

阿慶似聽不懂志祐的玩笑，嚴肅問道：「被海浪沖走的人通常都會漂回來，八帶為什麼沒有回來？你覺得他去哪裡了呢？他會再回來嗎？」

「別傻了，都那樣久了，恐怕凶多……」志祐想要讓阿慶面對現實又不忍心，他似乎也聽不進去！「好了啦，你覺得他還活著就活著，讓他活在你心裡，這樣不是很好嗎？」

「我經常看見他！」阿慶若有所思，神情恍惚。

「別再亂說！走走，我們到山上去。」

一夜風雨沖刷，青灰泥岩顯得更脆弱，頂上形如破船的崗哨岌岌可危。志祐的腳步踩得更不安心，山海環抱，天候是它們共同面對的敵人。人如鳥般棲息，店家多掩門歇業，向海咖啡廳被吹得東倒西歪。往桃源里柴山舊部落路上，一民房的門開著，往裡頭一瞧，只見一塊塊木頭橫列四處，似如木材工廠又像劫難後的林地。其中有些木塊隱約呈現動物身姿，似飛鷹、山羌……，而更多的是各種神情動作的獼猴，志祐和阿慶不禁好奇走了進去，宛如走進定格的森林，動物們於瞬間靜止，凝住的笑鬧、驚慌的喊叫，讓人看了不禁讚嘆——誰有這樣的雕工、這些木材又從哪裡來的呢？

兩人正覺納悶時，一個長髮披肩的男人走了進來。

「住在附近嗎？」鬍鬚底下是張俊秀的臉。

志祐和阿慶兩人互望一眼，不約而同地點了點頭。

「你這店開很久了嗎？以前來怎麼都沒注意到？」志祐驚異地說。

「好些年了，以前住在茎濃溪畔，颱風過後總有木頭隨流沖下，這些木頭還有生命，我只是用雕刻刀給它們一些面貌。」

還有生命？男人說這話時眼底閃出光采，粗糙的兩手蓄滿力道，阿慶注意到一旁有件貌似精靈的雕刻，凸眼、高鼻、咧嘴，樹皮如龍身上的鱗片，阿慶盯著那木雕，心底浮映出船精靈的想像——船和樹一樣，即便形體擱淺或被截斷，生命氣息仍然存在！

男人手上的雕刻刀對著木塊，風在鐵皮外迴盪，含帶著遠處及更遠處的海浪及樹林沙沙聲響。

木雕與船精靈在阿慶心中合體，走出鐵皮屋，街道上好些招牌掉落，破碎的壓克力字體、傾斜的遮篷以及沿路爬滿的裂痕——土地具有生命，志祐越來越能感覺到！

岸邊礁岩跌落、堆砌，隨時都在變動。

天漸地放晴，渡輪往返，他們站在船艙外頭，任憑海風吹亂頭髮。

「我快存好出海的錢囉！」阿慶的聲音隨風飄來。志祐摸了摸他的頭，直覺這傢伙竟比自己小時候還要固執！

清掃中的旗津街道比平常白天還要多些熱鬧，陽光露出，地上蒸騰酸腐氣息，風來得急氣候回升得也快，如港灣人脾氣。志祐走著走著，突然阿滿姨響亮的聲音如浪拍打過來：「少年的，真久沒看到你啊，你是在無閒啥？來，呷一下涼。」阿滿姨放下手中掃把，彎腰自冰桶拿出兩瓶彈珠汽水。志祐正要推辭，阿滿姨已拿木塞將彈珠壓進瓶裡，阿慶接過手便喝起來。

「可憐喔，遮久攏無大漢，另日我再燉幾隻雞給你補一下。」阿滿姨口紅依然鮮豔，手臂伸出將阿慶緊緊環繞著，阿慶想要掙脫卻又不能！

「走吧，你姐還在等我們呢！」志祐忙替阿慶解圍也說出自己的心事——小紋想必又在忙著呢。

志祐和阿慶快走，而未到店裡便聽著大隆對著水產業務吼叫：「陳仔，你嘛毋通呷人遮爾仔夠，一睏仔起價起遮多，人客隨時嘛走了了！」

「哪有法度，風颱一來，飼池害了了，搶有貨就愛偷笑啊，你若不要我載來去予別人，大家搶要愛！看要否？我要閣去送別位？」

「你這個人哪會這無夠意思，無彩咱相識遮久！」

大隆緊咬牙根，成本再提高，生意實在不知要如何做下去，一如當初付不起出海油錢，眼前的店頓時如艘擱淺駛不出的船！

大隆蹲下來檢查魚貨——魚小不說，蝦子螃蟹也都要死不活，大隆認定陳仔看他進貨量不多便欺負人：「你嘛卡差不多ㄟ，這款貨我是要按怎賣？」

「隆仔，你是知行情否，颱風一來，養池和箱網損失了得要脫褲！」

「莫在遐哭枵，大家互相留生路！」

「隆仔，我是看在嫂子才死沒多久才沒和你計較，你頂個月的帳還未和我清，現在還⋯⋯」陳仔說著火氣也大了起來。

大隆一聽人提起秀枝，如被踩了痛腳，一腳踢倒身旁的椅子，拳腳便要伸出。

「爸，你不要這樣啦！」小紋哭喊出聲，連忙拉住大隆的胳臂，大隆順手一推，小紋便倒下撞著一旁桌角，志祐和阿慶正好這時候進來。

「姐！」

志祐將小紋扶起來，小紋見著志祐淚水如泉湧出。

大隆見這情形心底又氣又惱，這店、這街，這仍然和天海緊緊相連的一切⋯⋯，他胸口感覺脹裂又須強忍住，想起阿慶和小紋這兩個孩子。

「好啦，好啦，大家莫傷計較，貨先予你，錢另日再講！」陳仔話說完便速速地離開。

大隆懊惱地進去廚房，小紋趕忙將碎冰倒在檯上，志祐也幫著將海產撈上來，魚眼黯淡，蝦子攤軟無力，蛤蜊一顆顆閉嘴緘默著。

## 4-3

# 燈塔與船精靈

陽光亮出，怪手繼續在堤岸上賣力，抗議白布條又再度出現，和新築起的堤防一起存在著。

教授站在工地前察看潮浪衝往岸邊的情形，岬角分散一波波侵蝕力量，教授確定這工程無誤，而背後的抗議聲浪不曾歇止，一場颱風吹亂工程進度，抗議聲音又大了起來。

「還我原來的沙灘」、「還我沒有人工汙染的生態」……

環保團體的呼叫和浪濤相抗衡，曾參加過公聽會的民眾認出教授，衝向前氣沖沖地對著他嚷喊：「教授，去你的什麼防波堤理論，理論歸理論，人要怎麼和天爭呢？」

「海岸是大家的，憑什麼由你們來決

定！」抗議民眾頭上載著蝦蟹、魚骨，似為水族、魚魂來發聲。

「攏是假的啦，誰人不知恁和包商勾結，說，你拿了多少好處？」另一張比受傷海魚還要醜惡的臉對著教授。

教授青白著臉色，喉嚨一陣焦熱，他多麼想要吶喊出聲，卻只能強抑住激動，他確定自己比誰都愛這海岸，然而……

抗議群眾見他臉色難看不理人，便直覺得他傲慢、自以為是，群集將他團團圍住：「停工，叫他們停工！」

志祐和阿猴這時剛好也到現場，便趕忙衝進人群當中護著教授，志祐忍不住高喊：「大家請冷靜，海岸是大家的，沒有人想要破壞它。」

「對啊，大家都在這裡生活，誰會那樣笨！」阿猴也跟著幫腔。

「公聽會你們也都去了，海岸正在後退，你們難道不擔心嗎？」

「少年的，你毋通聽學校的老師亂亂說，一下仔挖這一仔填那，一動工政府和包商就有錢挺好賺，結果愈舞愈慘，大家實在看攏無！」

「請相信我們的評估，施工是為了避免海岸流失！」教授再一次重申立場。

「騙痟的，專家攏恁在做，阮自小漢住在這攏好好，近來愈改愈害……」

教授忍住氣，海岸後退是事實，移除笨拙難看的消波塊，養灘、造景，改建可增加親海面積的岬角，這樣的規劃就學理及實際考量而言絕對沒有錯！他倒吸了一口氣，海浪一波波，而最蝕人心神的是民眾的反對聲浪，白布條在岸上湧成一波波巨浪，「攏是這些控固力造成破壞，附近的魚窟散了了……」，民眾群情激動，怒氣連著身體往前逼，一不小心將教授給推倒在地：「教授——」志祐和阿猴擠到前面自兩邊護住教授！

「各位叔叔伯伯，大家理智一點，魚況不好是整個大環境的問題，拜託不要否定一切好不好！」

「發展觀光就可以不顧生態保育了嗎？」

民眾的聲音持續拉高，教授滿頭白髮如浪翻湧頭上，臉色似礁岩般暗沉。他沉默著愣愣地往前走，志祐和阿猴原本扶著他的手鬆了開來，四周民眾讓出一條路。教授走到堤岸最前面，施工中的岬角石頭一顆堆著一顆，誰決定它們該在哪兒？是風是浪還是人？民眾漸地散去，志祐和阿猴站在堤岸這頭遠遠看著教授，志祐突然感覺眼眶一陣灼熱。

怪手繼續挖，教授研究室燈光依舊亮著，如燈塔一般。

志祐決定留守這片海，為此他必須更用功。

阿慶捧著撲滿說他錢存好了，志祐只好履行諾言，陪他一起到觀光碼頭。

傍晚西天燃出一抹紅豔，心繫的船就在眼前，一步步靠近，阿慶的心也跟著怦怦跳——船精靈就在前方，阿慶隱隱感覺著祂的呼吸，啊，祂就將引領他航向大海，到大隆及八帶之前可能去的海上。阿慶站在船右方甲板，釣客一個個選好位置，便忙將餌掛上鉤子咻地甩了出去。

「出海囉，總算如你願坐上你家的船了！」志祐壓低聲音，怕被旁人聽著覺得奇怪。他蹲身將小管切小塊，船上燈火一盞盞亮著，天上星星都躲起來，魚線垂進海裡，隱隱拉著潮浪又被浪給拉著，「有了！」旁邊釣客激動地將釣竿往上扯，船上氣氛頓時緊張，兩邊釣客怕纏線，又期望趁機拉上幾條，心情於是High起來。而後另一釣客似也中獎。

「魚群靠近了！」所有人精神緊繃，志祐儘量鎮定，小心抓著釣竿。阿慶張大眼睛，呼吸急促起來——是啊，他就知道有魚，魚群全在海裡且就在附近。船上騷動，船身因此顛搖起來，魚真的靠近了，阿慶似能感受著那氛圍，整個天空如張巨網，突然間，一道青光自雲縫中洩出，星斗一顆顆閃爍，近海時化作魚蝦螃蟹，撲地紛紛游進海裡，一眨眼似見著船精靈站在船頭，龍頭魚嘴蝦的身形，祂張開雙翼，仰起頭，鹽霧亂飛，蟹、螺、鱸鰻不停幻化，一片片亮鱗張開，逐地閃出綠光，於海面上滾動起來……，阿慶眼睛呆傻住了，他多麼希望大隆這時也在船上。

「阿慶，阿慶，」志祐大聲嚷叫，「阿慶，快收線，你的線和別人纏在一塊了。」

「纏在一塊？」阿慶仍然恍神，志祐接過他手上釣竿，替他將線一圈圈收回，漆黑的海上一條條亮白色絲線晃動，你拉我扯，魚線相互牽連，釣客移位，一團纏結一起的魚線被提上岸，線纏嚴重地無法解開，只好拿剪刀將它剪斷，亢奮情緒轉成嘆息，有人重綁鉤子有人燃起菸：「趣味啦，真正是釣心酸的！」

「應該是有魚！」

「一定有魚，看多抑少，有的看得到釣不到！」釣客沒好氣地埋怨。志祐幫阿慶勾了塊小管，竿子拿給阿慶，阿慶將釣竿安在架上便進船艙，往駕駛臺方向走。

駕駛臺在上層，佔有全船最好的視野，阿慶登上階梯希望能將海上情形看得清楚些！

「囝仔，爬起來遮創啥？」

「船長伯仔，我想要問你，海內底的魚是攏走去叨位？哪會連坐船出來閣遮爾少？」

「憨囝仔，誰不知是水流變化，大家攏要掠，終其尾魚仔總是會變少，這哪有啥奇怪？」

「不是按呢，媽祖攏是會保庇，保庇予船仔掠到魚！」阿慶指著一旁神明架上的媽祖像，阿慶記得以前——是啊，之前還是大隆的船時，大約也是在這個位置，媽祖，媽祖一直都在的啊！媽祖失靈了嗎？那船精靈呢？船精靈不是都聽媽祖的嗎？

船長看了看聲納探測器，幾點魚蹤在螢幕上隱隱顯顯。

「有魚，一定有魚！」阿慶繼續喃唸著。

「魚當然嘛有，只是不在船撈範圍，囝仔，等你大漢看有法度解決否？海上的代誌，有時連媽祖嘛無法度！」

「是這樣嗎？」這不是阿慶想要的答案，八帶應該知道，阿慶走回下層。

「阿慶，你跑去哪了？剛才，你的魚竿被猛地拉扯，你看——」志祐拿起他幫阿慶拉上來的魚餌，花枝被咬掉半截，力道猛烈，「魚還在，我就知道，魚群一直都在！」阿慶剛被澆冷的興致又再上揚，只是除了再點咬幾回，便再也沒有任何魚訊。

返程時船燈熄滅，天上星光又亮起來，阿慶似又見著八帶及秀枝晶亮的眼神。

高雄港觀光船／羅有隆攝影

船渠觀景橋
／羅有隆攝影

旗津儲油槽
／羅有隆攝影

旗津海產街
／鄭元博攝影

渡輪來去
／方秋停攝影

# 第五章

# 港邊饗宴

## 5-1 旗津天后宮廟會

全叔漁船前掛起大大的售字，阿慶難過地纏著他不停問著：「哪會要給船仔賣掉？」

全叔嘴叼菸不想再多說什麼，嘴吐的菸圈如氣泡般慢慢升起然後破碎，阿慶失魂落魄地一步步往燈塔方向走。自從八帶被浪沖走，他便不曾走到這裡，前方消波塊一一被移除，最後一顆正被吊掛起來，感覺八帶就在底下，和藏躲其中的魚蝦一起往前漂。停車場完工，一輛輛遊覽車排列組合成彩色堤岸，人工岬角於兩頭扼住流失中的沙灘，水泥階梯沿著岬角彎弧延伸。

海工館的人造浪隔著窗臺與海浪對話，礁岩、沙灘沉默著，遊客匯起的浪潮波波起湧，自西子灣湧往柴山，或乘渡輪衝向旗津廟前……

「燒仙草，紅豆湯，呷凉呷燒攏有喔！」阿滿姨的叫賣聲於廟前路上傳響，另一頭的水果攤推出「甘仔蜜」大招牌，天氣漸地轉涼，番茄盛產，南部人興將番茄切塊沾混著甘草、薑末、糖及醬油膏，志祐初覺怪異，吃幾次後便就愛上。另外還有燒酒螺，漁市場人煙聚集那裡，小辣中辣和大辣。人手一杯，吸著吐著，滿地都是吃過的剩殼。天涼了，遊客從添薄外套漸地穿起夾克帶上手套、帽子，海風含沙於街頭轉繞，天后宮前掛出一排排新燈籠，紅豔色彩妝點出新春喜氣。

廟前路上又搭出螢亮戲臺，尺餘長美猴王身著一身豔黃，龜帥與蝦米跟著在青綠舞臺上翻筋斗，炮仔聲霹啪響起來。場邊遊客看得樂呼呼，而對街的歲末聯歡會亦正熱鬧登場，濃妝豔抹的民間唱將，一個個拿起麥克風唱出萬鈞實力，從〈榕樹下〉到〈你是我的眼〉，歌聲自街頭響到街尾。從過年前到三月媽祖生，足足要熱鬧上百天。

天后宮殿前擺滿供品，祈福消災解厄運，一籃籃牲禮、水果有著各種祈求。這天小紋遵照大隆的囑咐拿阿慶的衣服前來改運，她偷將大隆的衣服也帶來。大隆運氣一直不順，店裡生意時好時壞，整條街充滿商機，卻處處是競爭與風險。阿慶這傢伙，好不容易等到他國小快畢業，他竟嚷吵著畢業後不升學要到船上學捕魚。阿慶像發動自殺式攻擊般，對象竟然是自己家裡。打從阿慶說出這想法，大隆血壓便一再飆高。

「伊是在起痟嗎？抑是叨意故要給我氣乎死？」大隆舉起菜刀啪地將活跳跳的海吳郭敲昏，再一刀，石蟳的螯便就碎裂。油鍋起火，蒸籠直冒水氣，大隆心情差小紋只能更加謹慎勤快，而粗礪的現實卻處處將人螫傷亦處處揚滿煙硝。情緒不好，大隆一聽見客人挑剔，脾氣立即上來！

「啥？紅蟳的卵不夠飽，魚不夠鮮！這是在講啥痟話？平平人嘛是有瘦有肥，相同的物件有對時和不對時！」大隆雖想壓抑，卻按奈不住性子！

客人見大隆神色不友善便起抱怨，其中一個斜瞪了眼筷子一扔便起身作勢要踢翻桌子——

「明明不滿意未賽嫌？生理甘是按呢做？整條街路攏是海產店，阮是按怎要來佸這呷？」

小紋趕忙將大隆推進廚房，拚命向盛怒的客人賠不是：「歹勢、歹勢啦——來這盤小菜算招待的！」

唉，待會阿慶一來還不知會引發出什麼事端呢！天天處在憂懼當中，小紋蒼白的臉色更覆層霜。小紋手上捏拿寫著阿慶及大隆生辰八字的紙條，塑膠袋裡裝著他們的衣服。年關期間前來改運的人大排長龍。小紋低頭想著心事，抬頭便見前面婦人直瞪著她看，婦人看起來有點面熟，小紋卻想不起來她是誰。

「小紋，妳遮大漢啊，生作越來越婧。」

「全嬸！」小紋想起來眼前這婦人是全叔的妻子，全嬸和全叔一直都很照顧她和阿慶，只是大隆生意移到旗津後碰面的機會變少——而全嬸，似乎老很多！

寒暄後全嬸忍不住面露憂色絮絮講起全叔近況：「當初看伊年歲越來越大，掠無魚萬項物件攏愛錢，所以才會叫伊規氣給船仔賣賣掉，想說賣多賣少上無嘛免閣提錢出去，誰知船一賣掉，伊整个人全變樣，先是全天踅踅唸，說啥米有人要來撞伊的漁船啦，沒就是說阿陸仔要來搶伊的魚，一日到暗疑神疑鬼，岸邊看到怪手身軀就要過去要和人相撞，厝邊隔壁攏說伊一定是中邪，去予鬼煞到了，吃老變款嘛毋是這樣！」

小紋聽了覺得很難過，她緊抓著阿慶和大隆的衣服，祭壇裡師父嘴裡唸唸有詞，壇前信眾嘴一開一闔如受困的魚群。另一頭有婦人執香跪拜，旁邊跟了個男童，那男孩想必遇著了大麻煩，婦人一臉愁苦——神籤上怎麼說的？這些時日來小紋被阿慶和大隆的衝突搞得精神恍惚——前些天聽到阿滿姨跟大隆提起她認識個乩童頗靈驗，或許有辦法解釋阿慶到底怎麼了。

是不是他那叫作什麼八帶的同學陰靈在作怪？小紋忍不住胡思亂想，唉，志祐若知她有這想法定會恥笑她，而除此之外她又能夠怎麼樣？阿滿姨講的事怪邪氣，要阿慶跟著到小廟宮裡去和惡靈打交道，她如何還是不放心！她寧願相信改運作法。

輪到小紋時，她站了起來，腦裡閃過一個念頭——只盼阿慶和大隆好好的，她願將所有好運都轉給他們。師父祝禱聲接連一起，小紋尚未回過神，師父在她帶來的衣領上各蓋個章，裡頭塞了個六角符咒便告完成。信眾一波波湧進廟裡，龍身攀爬斑駁廊柱，平安燈於風沙中搖晃……，小紋相信媽祖能揚靈水德，帶來海上平安。

小紋拿著衣服快步回店裡，一見著水生的車停在店門口，便知道裡頭的氣氛一定不好，大隆的情緒又將有大起伏，「媽，妳就保庇讓舅舅不要再來讓爸生氣了啦！」

小紋踮著腳步，偷偷抓著裝衣服的塑膠袋，果然一靠近便聽到水生嚷喊著：「後生只有一个，你甘不知秀枝上未放心的就是伊，你是按怎不好好啊給照顧，予伊整天親像痟仔在海邊四界走？」

「水生，你說煞未？我家己的囝仔，我甘袂曉照顧？要你在這對我大小聲？」

「說是按呢說，就怕有人自身閣顧未好勢，根本沒心肝顧別人，我問你，阿慶呢？」

「阿慶？」大隆轉頭看小紋，小紋手抓的塑膠袋驚嚇得掉到地上，「這幾天放假，伊有時會來店裡，伊……」

「伊，伊按怎？」大隆的眼珠子瞪得大大的，像要將周圍水怪全給吞了般。

「阿慶按怎？」大隆被店裡的生意搞得團團轉，一下有人要來收帳，一下貨源出狀況，每回才想留意阿慶在做啥，便被一堆莫名其妙的事打斷，整個腦袋被攪得轟轟響，前一陣子，阿慶提到他不要再讀了，這个囡仔哪會這袂曉想！大隆一直想要好好教訓他，「阿慶伊這陣人呢？」

「伊？我……」

「緊去給找轉來！」

小紋丟下改運衣服趕忙跑了出去，一時不知要去哪裡！寒假期間志祐回北部去了，多麼希望他這時能夠出現，小紋極力渴望卻不敢抱持希望，撥出手機，心懸半空，電話未開機，小紋覺得無助與失望，步下渡輪這才發現往常全叔的船早已不見，啊！新艇進駐，誰在乎舊船去了哪裡？阿慶總會回家的，小紋並不擔心找不到他，她擔心的是他的精神狀況，在阿慶恢復正常前最好不要讓他和大隆多說話。小紋這才想到剛剛一時情急竟將好不容易求來的改運衣給忘在店裡，唉。天氣冷颼颼，誰說高雄沒有冬天？碼頭前一對對情侶相偎一起，小紋於是想念起志祐，志祐雖對她有情有義，他們卻無法像一般情侶。兩人都守著海卻各在各的堤岸，小紋不敢想有天要是她離開大隆和阿慶，小紋甩了甩頭，衣服不防風冷氣直透體內，她唇齒顫抖加快腳步。

冬天抗議的人變少，冷風降低熱情抑或減退人們的不滿情緒？小紋想念志祐，即便心知他們屬於不同世界，腦筋一空閒忍不住便會想起他。暑假過後志祐也許繼續留下來讀研究所也許將會離開，小紋一想到眼眶不自禁地燙熱，而日子還是得往前，她不願表現出難過，寧願讓人覺得一切未曾發生，也就沒有所謂的不捨——什麼都沒有，不是嗎？

小紋記得小時候秀枝帶她到海邊撿海螺，她拚命撿，撿越多感覺秀枝臉上的笑容就越輕鬆，那時候海邊除了海螺，石頭縫裡常有飽滿的蚵殼，將殼挖開整隻蚵入口，那鮮味小紋至今都還記得。那時秀枝還未生病，經常帶著她和阿慶到海邊，河口沙灘上見兩個小嘴管冒出，用手一戳，底下便是一個文蛤，這遊戲比什麼都好玩！阿慶是在沙灘上學走路的，她和秀枝兩人各讓阿慶牽著一隻手指頭，阿慶從踮著腳尖到腳丫子平穩地走在地上，小紋以為他們可以順利長大，正如她以為這片他們最喜歡的海岸會永遠存在！而底拖網傷害了海床，底棲漁類枯竭，魚變少了，阿慶這傻孩子，他為什麼想不清楚，為什麼要這樣死腦筋，而水生舅又憑什麼來指責爸？小紋眼淚簌簌流下，是冷風還是因為傷感惹得她鼻水直流，這時熟悉的機車聲自身後傳來，啵啵，啵啵啵，小紋散亂之心如掉落的珠子被串起來，她忍不住回頭，而那撩撥她無盡聯想的車聲隨北風呼嘯而去，小紋半揚起的心情瞬間跌落，觀光漁船上青年男女歡笑不已，而那一切從來不曾屬於她！

小紋落寞地走著，腳步自然回到家裡，推開門，阿慶果然在裡面。他坐於客廳矮桌前的地上，桌上一疊他正畫著的圖畫，小紋靜靜坐在他身旁，阿慶偏頭看了她一眼，然後繼續地畫著。仔細看，一艘艘魚船散布海上，底拖網上浮出骷髏頭和魚骨——那是船精靈嗎？船精靈呢？阿慶的筆繼續往前拉，畫過人工岬角，阿慶又接上另一張紙，一艘遠洋漁船航行外海，阿慶畫筆不停地在船上塗抹，幾乎要將紙給畫破。

小紋摸了摸阿慶的頭，感覺他似缺氧般的魚痛苦掙扎。

「阿慶，以前你不是在池子裡養了些魚嗎？現在怎麼不養了呢？」

「沒魚了，攏沒魚了！」他手上形將乾枯的畫筆回到近海的拖曳船上，焦躁的筆在上頭畫出幾隻海豬哥和比目魚，半乾的筆心猛力畫著，之前常見著的魚漸地枯竭，皴筆畫出的魚骨漸地被淹沒，魚的身影隱入海水當中。

「學校功課有沒有問題？」一提到功課小紋又想起志祐！

小紋回到房裡，疲累地癱躺床上。

唉，日子如何都得往前過！明天，明天一定要讓阿慶穿上那衣服。

冷風迴盪，小紋一直覺得似有人穿進屋裡，昏暗光線中她幾次將眼睛睜開，腦子裡一次次比對、釐清夢和現實。秀枝的相片掛在牆上，小紋感覺她一直還在，在她最脆弱時激起她的難過，同時也支持著她讓她咬牙撐挺著。寤寐中小紋似聽著客廳傳來喘息聲響，她披上外套走出去，一出房門便聞著濃重的酒氣，「爸——爸，你喝這麼多做什麼？你這是何苦？」

「妳，走開——妳不要管我。秀——枝，妳不要管我！」大隆像擱淺的巨鯨，被現實礫石割得渾身是傷，「秀枝！」大隆全然不省人事，喃喃低語似在哭泣，小紋眼眶不覺又再灼熱，進到浴室擰來一條熱毛巾替大隆擦去臉及脖子上的汙漬，「秀枝！」大隆醉言呼喊，小紋忍不住一陣鼻酸，側臉拭去臉頰滑下的淚水！

含鹽陽光於乍暖還寒中漸地加溫，天稍熱些阿滿姨便高喊起涼水叫賣：「涼的喔，涼的！」眼光不時又瞧望向大隆的店。

天后宮前的戲棚美猴王繼續在人群前翻跳，小紋偷偷讓阿慶穿上改運衣服，暗地裡觀察他的情況。海上及學校這兩條繩索各從一方拉扯阿慶，他緊緊地被勒住，眼神裡閃動著夢與迷惑。

校園停車場外棲息著一輛輛雙層遊覽巴士，遊客絡繹不絕，海浪一波波，人工岬角抵著逐地鬆動流失的堤岸。阿猴直說要趕在山崩地裂前逃生，打算畢業後便要離開。志祐通過甄試，正式成為教授的研究生，更仔細精密分析柴山及西海岸的變動情形。山上土地招標，又引來環保團體的抗議：「反國有土地變賣」、「反開發勢力入侵」、「反政府罔顧人民身家性命安全」……，白布條沿著山麓拉起來，於岸上洶湧起一波波聲浪。夜裡教授研究室的燈光仍如燈塔般發出幽微亮光。

一條條土地裂縫教人怵目驚心，志祐拿著測量儀器收集各種數字，數字會說話，但即便教授拿著大聲公嚷喊聲音仍然不夠大。土雞城、咖啡屋招牌林立，志祐量著測著，經過小溪貝塚，見著上頭有著黑色陶片，以及文蛤、火蛤和牡蠣，證明海漲時期海水曾達現今的龍泉寺門前，柴山曾為被海水包圍的孤島、小溪是溺谷……，歷史潮浪曾經環繞，遠去之後是否又將回返……，志祐量著測著，俯仰間不覺地茫然。

志祐騎著機車繞轉，忍不住又坐上渡輪往旗津。車出渡輪便被塞在大街上，媽祖聖誕遶境祈福，志祐須找個地方停車。

擠在人群當中，廟前似官員正為媽祖進行起轎扶鑾儀式，一張張虔誠及看熱鬧的臉色於陽光下閃耀亮光，如碎浪般相互堆擠，嗩吶聲響，鑼鼓喧天，媽祖鑾駕經過，信眾紛紛跪了下來。

金黃色宮旗夾雜著黑令旗於人海上頭惶惶飄動，千里眼及順風耳搖晃著高大身體威風向前，炮聲穿飛天上。志祐欲直接到小紋家的海產店，卻被滿街人潮阻擋於半路，轟轟地，七爺八爺顛顛搖搖，紅白花臉對映著小蝙蝠圖樣，臉畫彩妝的家將踩著七星步跟在隊伍後頭，哄哄隆隆地，甘將軍刷著黃黑色陰陽臉、柳將軍敷著白面黑章魚、露肩青衣踏著虎步，吼吼吼，緝捕板批對著瘴癘與天氣，志祐急欲向前，而人越集越多，如巨浪般前翻後湧……，陣頭混亂，一大群青少年擠在人潮當中，如自雲中、海上或戲臺跌落的蝦兵與蟹將，他們翻著、跳著或趺躺地上不停蠕動，哼哼赫赫，鑾轎前蹲伏出一條人龍，志祐也被擠到前頭，然後他見著阿慶：「阿慶！」志祐高聲叫喊，阿慶跪伏地上的身體抬起頭正好與志祐相望，志祐目光趕緊搜巡兩旁，哄鬧中和小紋四目相對。

鑾轎過後，小紋急忙將阿慶自地上扶起，阿慶看到志祐臉便笑開來。三人正欲自人潮中退出，卻又被另一波人往前推擠。濟公活佛手搖著巴蕉扇施展著法力，衝天炮亂飛，鑼聲轟轟，錦傘忽忽轉動，三太子於馬路當中橫衝直撞，志祐和小紋拉著阿慶快走。

旗津天后宮慶典廟會／鄭元博攝影

# 5-2 三太子的醒悟

三人回到店裡，鐵門半拉上，裡頭似無動靜，不是說好下午要營業的嗎？小紋快步走往廚房：「爸！」尖叫聲自裡頭傳出，只見大隆橫躺地上，志祐趕忙打電話叫救護車，咿嗚聲中，阿滿姨比救護車搶先一步飛奔到大隆跟前。

「是按怎？發生啥代誌？」她兩隻眼睛睜得大大的，趴在大隆身上呼天搶地。醫護人員緊急前來，大隆兩腳的脈搏不同，整個人失去知覺，小紋欲要哭出而強忍住，她緊牽著阿慶跟在大隆身邊。救護車倉皇駛離，志祐趕忙尋得機車趕往醫院，阿滿姨顧不了涼水攤前圍滿客人，執意要志祐載她一起去。阿滿姨於後座一路喳喳呼呼，什麼老天捉弄人啦，好好人哪會遮爾仔衰尾，激動時似如哭泣，粉汗、口水不停逸出……

初診大隆為心臟冠狀動脈剝落，必須即刻手術，一想到開膛剖心讓人害怕不已，小紋紅了眼眶全身抖顫，志祐摟著她，見阿慶茫然站在一旁便也牽起他的手。

「不知要開多久？萬不二故——天公伯仔，媽祖娘娘祢要保庇……」阿滿姨激動碎碎唸著。

志祐很想請阿滿姨先回去卻不好說，手術房紅燈如海上燈塔驚心熒閃，浪濤洶湧，受難船隻似要翻覆，阿慶拿出胸前媽祖像捏在手掌心，嘴唇青白，身體持續顫抖著，小紋緊握著他的手，像小時候他睡不著時那樣。

拖曳船拖著底拖網於近海來回行走，阿慶彷似見著一根根利刺深入海裡，如鐵扒般將其間生物全數帶走——白腹鯖、黃姑魚、皮刀、烏鯧、黑點、密點石斑，甚至金線魚、白帶魚、斑節蝦、花蟳和紅蟳也一網打盡，魚蝦蟹、透明海鏈藻、闊節角水蚤亦被掃除一空，地層、礁岩剝落，阿慶似見八帶被網子罩住，硬生生地拖走——八帶，八帶，阿慶的潛意識吶喊了出來，而拖網繼續往前拉，海裡崩解一片渾濁——八帶、八帶，阿慶繼續在海中吶喊，而後那聲音化成氣泡……啵啵啵啵啵……隨著螺旋渦槳一個個被擊破，阿慶泅泳海上，抬頭見前方燈塔繞轉。手術燈繼續亮著，阿慶又將頭埋進海裡，洋流經過空蕩蕩的海裡，褐藻、海草、紅藻叢和綠藻空懸著指爪，呼——噗，阿慶前游、後翻，翻個筋抖，再往前，陽光穿進海裡，於波流中深淺交織，阿慶兩腳小心打著水，雙手於水中不停地擺動，洋流推送，暖流一過水溫涼冷，阿慶雙腳繼續踩著浪，網罟自底層往上掀，與海面撒下的光影交疊成方格線，阿慶的身體不斷翻滾，啪啪掙脫，而後只見前方有道缺口，他用力向前划，游出陰暗，往光源聚集的方向，待頭浮出水面，只見燈塔亮著，手術門打開，醫生疲累走出。

「手術——還算順利，動脈剝離狀況止住了。」

「阿彌陀佛！媽祖有靈顯！」阿滿姨兩手合十不停地拜著！

小紋與志祐、阿慶相擁，小紋眼淚流出，激動說著：「就知道爸不放心丟下我們！」

剖開的胸腔攀爬一道道縫線，螢幕上秀出大隆的生命狀況，小紋和阿慶一次次進到加護病房看大隆。大隆全身拉著管線，似如身陷網羅的魚蝦，利刃切開的身體虛弱得動彈不得。

水生好幾次前來，大隆從昏迷到醒來，見著水生，手奮力地想要舉起，水生手心緊握著大隆說道：「啥攏莫說，我攏了解，你好好仔歇睏！」

陽光持續加溫，大隆轉到一般病房後，小紋與阿慶輪流照顧，阿滿姨天天又煮鱸魚又燉豬心到醫院。

「阿滿姨，按呢哪好勢？」對於阿滿姨的盛情，大隆實在無以為報，這一陣子看她這樣付出，大隆更不知如何是好！

胸前傷口漸地癒合，大隆呼吸短促且提不起重物，不禁擔心店裡及小紋！小紋一個人要忙裡忙外，多虧有志祐耐心陪著，載進載出，這小夥子大隆越看越順眼，只是不知他家裡的情況。大隆試著離床，阿慶攙扶他沿病房外的鐵欄來回走著，心裡想著等他身體好起來，一定要多陪陪這孩子。

「阿慶，最近學校的功課啥款？」

阿慶挺站讓大隆右手搭著他的肩膀一步步往前走，「沒按怎啊！」

「有認真上課否？」

「有啦！」阿慶的確有乖乖去上學，坐在教室裡眼睛盯著黑板。自然課老師說再不到十年，很多魚再也吃不到了。魟魠魚變小了，黑鮪魚魚獲噸數變少……，老師拿著海產卡片在講臺前一張張秀出——雨傘旗魚、肢眼鯡、大黃魚、刺公鯷、巴拉金梭魚……，阿慶如數家珍般唸出每種魚的名字，只是這些魚漁船很少遇到。

老師接著另外拿出一大疊海產店或餐廳裡常見的圖卡，大部分漁產早就不靠漁船捕撈，許多是搭飛機自天涯海角外飛來的，澳洲旭蟹、鮑魚、加拿大龍蝦、中東波斯灣的石斑，紅蟳則從泰國抓到孟加拉及斯里蘭卡，原來龍王遠在天之外，不在大隆或全叔船隻可抵達的範圍！

雲飛天上，有時如蟹伸張腳爪、有時似蝦側身蜷曲，俄而又如張巨網捲將過來，魚群蝦貝被收進網拉往天之外，幾番天旋地轉，陌生魚群及蝦蟹復乘風逐浪而來……

阿慶收斂字跡，平日胡亂運用的加減乘除逐漸歸入算式。

海連著天，粼粼波光如布幕般起伏，阿猴畢業走了，揮別和他笑鬧四年的獼猴家族！山海還在，有人選擇離開，有人選擇留下來！志祐一次次帶著阿慶登上柴山，馬鞍藤伸出強韌根鬚抓著龜裂岩縫，金武扇仙人掌又吐黃豔，礁岩礫石裸露，細穗草悄然自岩層裡鑽出，為礁岩、灰褐、土黃視野增添綠意，風沙海浪與礁岩共舞，這千萬年延續至今的自然戲碼，誰能看懂看清楚？

柴山遊客越來越多，獼猴近達一千三百隻，老猴高居樹上，側身看著人類對牠們指指點點，小猴跳踉樹叢當中，「吱吱——吱吱！」遊客丟過來一條香蕉，小猴吶吶撿起利爪自中間撕開嚼起滿口甜味，丟下棕櫚果子，「吱吱——這更好吃喔！」一串龍眼又丟過來，小猴搶食一起，突地一隻獒犬自人群中衝出，撲地便往獼猴背後咬下，另幾隻猴兒集體撲過來與獒犬纏咬一塊。「來福！」狗主人大聲斥喝，拿起登山棍便往猴群猛打狂揮——吱，猴兒伸出利爪，呼呼尖叫，又一根樹枝揮打過來，獒犬竄出奔回主人身邊，猴兒咧著尖牙奔回樹上，一臉疑惑地看著底下人類，血一滴滴自身上流出。

「這裡的猴子真壞，以後上山要小心點！」

遊客持續上來，樹叢裡顫動著迷惑與不安。禁止餵食的標語沿路掛出，人猴相互觀望。稜果榕與榕小蜂共生，咬人狗和姑婆芋叢長。山腳下湧泉汩汩流出，自海裡孵化的鱸鰻及過山蝦幼苗長途跋涉至此，太平洋海溝與高雄港、愛河及高雄市水溝及柴山氣脈相連，生物基因記憶隱隱透露海的流向……

興建生態廊道的提案一提出，另一波贊成與反對聲浪又再翻湧。志祐拍照記錄水泥池裡的湧泉高度，望著那窟水，天知道眼前水位日後將節節攀高或將消退，在一片口水戰之後！想著想著，腳下土地隨歷史之流掀動起來，眼前盡成汪洋大海，所有落葉化成浮游生物，毛木耳變為貝殼，獼猴和人則成魚和蝦貝，你吃我，我吃你，越大的族群佔據越大流域，一起起地層振動，山海重新排列組合，人猴於岸上翻掘著小溪貝塚。

旗津天后宮／羅有隆攝影

## 5-3 月光海

海產店歇業好一陣子，大隆一能下床走動便趕忙回到店裡，面對空櫥櫃、荒廢的廚房，心臟不覺又喘起來。他拍了拍小紋的肩，都怪他這當老爸的沒用，辛苦了他們。小紋不要大隆難過，故意用輕鬆快樂的口吻說：「這段時間在別人的餐廳打工，偷學了好幾招！爸，以後要是你太累了，我可以掌廚喔！」

「誰人要掌廚？」阿滿姨見店門半開著便探頭進來！

「阿滿姨！」小紋連忙迎向前，「我啊，阿滿姨，如果店要重新開張，我可以升起來當二廚，不見得只能當跑堂！」

「我會幫人點菜！」阿慶也要參一腳。

「你？」小紋和阿滿姨同聲質疑！

大隆呼吸無法太用力，看到兩個孩子這樣懂事，心裡既安慰又愧疚！而店不營業就像船未出航，再等下去恐怕又得頂讓出去，想起水生、漁貨和帳單，大隆的呼吸又喘起來。

「我看恁兩个都無理想，上好要有一個生理老經驗坐鎮卡好！」

小紋和阿慶、大隆相互對望，不知阿滿姨在說什麼？小紋腦筋隨著眼珠子前後轉兩下，便猜想──

「是……」小紋手指往阿滿姨方向一比。

「無毋著，就是全廟前路上會曉做生理，招呼人客削削叫的人氣涼水西施我阿滿姨！」

小紋和阿慶忍不住噗聲笑出！

大隆看著阿滿姨，她這樣熱心，倒讓他有顧忌，這些年阿滿姨對他們一家實在太好，尤其是他手術後這幾個月，阿滿姨三天兩頭送吃送喝的，大隆覺得過意不去又不好拒絕。阿滿姨是個心直口快的女人，年輕時為了扛負家計耽誤婚事，大隆絕不要讓小紋像阿滿姨這樣！

阿滿姨興致勃勃說道：「我的涼水攤反正會當徙來遮！兩擔合作伙，甜和鹹，呷涼呷燒攏有，生理無的確顛倒好！」

「這，按呢甘好？」大隆陷入沉思，阿滿姨積極地說道：「免啥考慮啦，人和設備攏現有ㄟ！」說著便轉頭向小紋和大隆說，「來——塗跤掃掃ㄟ，桌仔拭予清氣！」

「慢且啦，閣有真濟問題。」大隆的眉頭又皺起來，想起陳仔那還有未清的帳單，以及漁貨取得的困難他就不得不憂心，而生理總是要繼續。

「莫再考慮東考慮西，驚無貨，我先去向我幾个相識的朋友調看哩！」阿慶拿起抹布便到處擦了起來。

「我趕緊來去給老闆說我明仔載無愛去做了！」小紋高興地跑了出去，阿滿姨拿出手機開始聯絡熟人。大隆站起來店裡店外走了一遍。這前後不到四十坪的空間，自秀枝走後他一直窩在這裡，這些年雖沒有一番了不得的作為，至少也是個立足地。他走進廚房，自架上拿出那閒置已久的鑊子，硿硿硿在鍋子內拌炒，想像爐火竄出，屋內又將燒燃出人氣。

新蒸海中鮮、現蒸活蝦、涼拌干貝唇、蝦卵拌章魚、烤烏魚子⋯⋯，壁上一張張菜單如扇亦如船帆張開，這擱淺許久的船隻總算又將重新啟航。

那幾天小紋一大早便到店裡，阿滿姨的涼水攤移往大隆店門口，龍蝦、螃蟹重現玻璃缸，架上擺出各種海產。

「來，放這！」剛燙了個新髮型，阿滿姨顯得格外有精神，眼線畫得分明嘴唇紅豔豔的，只聽她站在店門口大聲吆喝：「想要涼要鮮，進來這間包你滿意！」

「阿滿姨，妳哪會來這？」阿滿姨的聲音及面孔立即引來熟人好奇。

「兩間合作一間送作堆，按呢也是好啦！」

「多話且慢說，大家來捧場！」

「哪會老的顧店面？小紋呢？」

「我在這啦！」彷似受著阿滿姨的影響，小紋笑得煞是熱絡，急欲將中斷的人氣、生意再拉回來。

「來，看甲意呷啥口味，一定煮予恁滿意！」

阿滿姨和小紋兩人輪替，大隆忍不住要幫忙，而身體顯然還未恢復，舉鍋拿刀都還不能。

「爸你去頭前啦！」小紋不要讓大隆吸太多油煙，大隆只好乖乖走到店前面，放眼望去，整條路似淺灣，而和一家家店面相通連的不是大海而是養殖場。客人要鮮又要稀罕，想在這條路上生存，背後須有條貨源充足流暢的輸送帶，當然手藝也極重要。阿滿姨會一般煮食基本工，炸蚵、炒蟹、炒海瓜子……，小紋用心學習各種新煮法——四川蜀魚館的豆瓣鯉魚、江浙干燒魚頭、廣式燴龍蝦、福州的紅糟魚等等。大隆覺得海產店的靈魂在生魚片，可惜成本不足沒辦法引進上好貨源！不論如何，桅杆又再撐起，船帆迎風向前。大隆在陸地上重新練習呼吸，肺活量逐日加大，他重新拿起刀，將紅魽、鮪魚、鮭魚肉一片片切開，之前捕撈不到的魚類陸續出現砧板。

阿滿姨個性活潑，站在路邊高聲吆喝，經常將猶豫的客人給喊進來。

「呷飽呷巧，現流仔，新來的總舖師足讚，定定出國去比賽，包穩予你吃得滿意！」

「阿滿姨，無影的代誌毋通亂說！」大隆實在聽不下去了，小紋則暗自偷笑。

「哪有要緊啦，講笑講笑，無人會當真，而且準算人沒出國，這些海產真多攏嘛是外國來的！沒差啦！」

大隆沒多答腔，這店能有起色多虧阿滿姨。而店須接上飼場，阿滿姨人脈雖廣，貨源與資本運轉起來還是相當辛苦。

「安啦，有店面的，每日生理收入攏是現金，絕對妥當！」

「啥？哪會調沒貨，人客上愛吃這項，拜託你要幫幫忙！」

「陳仔，老朋友遮濟年，再予阮寬限幾天！」

陳仔在電話那一頭抱怨，票據和漁貨、設備、運送……，萬項皆須錢來打通關，大隆之前的帳未清，命又去掉半條，陳仔說他自己也是辛苦出生，小本經營，實在沒辦法再援助，說著便匆匆掛上電話！

欠缺貨源，菜單只是寫著好看，阿滿姨仍在街上拚命喊，喊渴了便喝起自家涼水。路尾的人潮確實沒有前段多，雖只差幾十公尺，媽祖似總忽略這邊的祈禱。魚蝦沒了氣力，冰塊不停消融，汗水在阿滿姨濃妝的臉上交錯出一條條紋線。

陸上等不到客人和海上盼無魚一樣悽慘！

這時一輛車停在店前，阿滿姨探頭看，認出那不就是秀枝她哥水生，阿滿姨膽子雖然夠大，之前的印象仍讓她感到不安——他來做啥？

水生站在店前，嚴肅目光將桶內蝦蟹及平檯上的花枝、鳳螺仔細看了一遍，兩腳踩進店裡，正巧大隆自廚房走出來。

「水生，哪有閒來？坐啦！」

水生不吭聲往椅子上坐了下來。

阿滿姨端了杯青草茶過來，便退回涼水攤，心想來者不善，這回水生到底想怎樣？

水生環顧周圍，大隆坐在他對面，似已不想爭辯什麼。

水生一口口吐著菸，緩緩說道：「厝內的養殖場一直做得不壞，以後看要不要銷一寡來這，貨源穩定生理會卡好做！」

阿滿姨嘴半張，驚慌神情露出了喜色，直覺想要喊出讚，但還是忍了下來。

大隆咬著下唇，他知道水生的養殖場情況不錯，之前也曾興起想要和他合作的念頭，卻總礙於自尊心無法開口，大隆心臟已經恢復差不多了，他自覺店還可以撐，可以維持下去。

「大隆，家己人就莫想遐爾仔多，我是和你做生理又不是要送你。」

「這——我考慮看。」大隆遲疑著。阿滿姨差點忍不住就要幫他答應。

「莫再考慮啊，我明仔載就叫人送貨來！」水生說著便開車離開。

阿滿姨心上重擔減輕，小紋心情也輕鬆了起來。

隔天早上水生安排的貨車果然送來一桶桶水產，海鱺、花蟳、蛤蜊……，缸裡有貨，阿滿姨的吆喝聲加大：「現流仔，鮮又肥，活跳跳……」蒸籠冒著熱煙，花蟳穿上一身橘紅色霞冠，裹粉鮮蚵一顆顆由青白轉成酥黃，九層塔和著蛋汁，或於油鍋裡與蝦片一起炸成透亮。阿慶幫忙裝盤，胡椒粉與芥末，醬油和蒜末不停添裝，活蝦一杓杓被舀起來。

「入內坐，等一下就有位！」客人一批批進出，阿慶手腳越來越敏捷。不久阿滿姨多找來幾個婦人幫忙跑桌和切洗，生意好，漁產供應商自動找上門。冷藏設備改善，漁產種類及品質漸優，高級蘇眉、老鼠斑、芝麻斑、龍膽、紅魚都出現了。小店空間負荷不了漸多的人潮，待之前的欠款還清，阿滿姨便與大隆商議著將隔壁店面頂下來。

店裡情況好轉，小紋便得空和志祐出去，渡輪如鐘擺般移行，岸上燈火迷離，蘿蔔坑裡儷影雙雙，夜風起，含潮海風陣陣拂面，小紋長髮隨風飄動，月光悄然行走天上，光影親吻海面，自地平線上延出一道月光海。

阿滿姨的麻油雞奏效，阿慶抽長快和大隆一般高，大隆同意水生的提議，讓阿慶到養殖場幫忙。水生的鹹水魚塭之前採淺坪粗放虱目魚，之後養草蝦、烏魚、鯛、石斑魚、螃蟹和貝類。阿慶幫忙投放飼料，看魚苗閃動，蝦兒將飼料抱進嘴，水流催發，一池池被圈圍住的水族悶悶茁長，然後一桶桶被裝上車載走，便再也回不來！阿慶偶爾仍會想起八帶，想自己曾有過的魚船夢想。清坪時池水放乾，魚蝦於泥濘中跳啊跳地，阿慶不由想起那年他自全叔船上抓回的蝦虎和成仔丁。

船精靈在哪裡？阿慶似見媽祖像自他胸前項鍊中走出，踩著粼粼波光，隨著水氣登上雲端，雲在天上飛，阿慶感覺秀枝一直在那裡！

柴山遊客漸多，假日經常吸引上萬人前來，有的扶老攜幼、有的騎車健走，大隊人馬或三兩結伴，步道、休息站人群絡繹著。頂上構樹、棕櫚結出一顆顆果子，猴群集聚，母猴替小猴搔癢，掀毛抓出蝨子，另一隻小猴於樹間吱吱蹦跳，林間紛紛熱鬧著。突地，一把花生拋了過來，小猴吱地尖叫，掙脫母猴伸出兩手往前搶接，然後各色糖果及餅乾丟來，猴們躁動不已。

「不要餵食，你越餵牠攻擊性越強！」一熟悉聲音擠到人群前面——是阿猴。阿慶早聽志祐說阿猴回來高雄工作，假日並在柴山國家公園擔任義工，這回真讓他給遇到了，阿慶於是也幫忙著解釋：「你越餵牠，牠越要搶，對猴子和人都不好！」

「對啦對啦，莫卡好！」一旁老伯及婦人議論著：「以前這ㄟ猴未遮爾愛搶人的物件，攏是人惹出來的啦！」阿猴穿著墨綠色衣衫，頭上頂著西部盤帽，膚色黑亮，炯炯目光與猴兒對望著。

枝葉動搖，遊逛步履於階梯起伏，向海咖啡廳坐滿遊客，志祐繼續教授的研究計畫，仔細記錄山海動態。

志祐、阿慶與阿猴坐在礁岩上頭，潮浪撲地打起，岩縫發出恐恐聲響，石灰岩跌落，於岸邊砌起多變的稜線。

「阿猴，為什麼想要回來？」

「習慣嘛，山海本來就是我的家！」

「真的假的，都不走了？」

「走去哪？你說我能去哪？」

陽光射出，綠葉蒸騰著燙熱沙塵。一隻寄居蟹自孔洞裡爬出，阿慶伸手將牠握在手心，蟹兒惶惶欲要掙脫，阿慶屈著手指頭，感覺牠腳爪於指間抓刮著。

「如果有天岩層崩塌了……」志祐喃喃低語，眼睛看著教授的研究室方向。

阿慶鬆開手，手裡的寄居蟹倏地奔出，踩上淺灘便往海的方向，一起浪來，隨即消失眼前。

志祐自袋子拿出了一疊命運牌：「來吧！很久沒抽了！」

阿慶露出笑容，伸手從中抽出一張，上頭寫著：「與海共存！」

海浪波波翻湧，雲朵於天上堆積，天濛濛地亮著。

西子灣月光海／呂易如攝影

## 5-4 廟前路婚禮

大隆的店口碑不下於前頭那幾家，現流仔的鮪魚沙西米、酸白菜煮大目鮪眼睛、炒海龍筋、油魚子、櫻花蝦，軟絲沙西米、炒龍腸或炒鯊魚條仔、椰子螺沙拉……，想得到及想不到的都有。阿滿姨春風滿面，越來越有老闆娘的架勢，「近悅遠到」、「聞香下馬」幾塊亮眼匾額高掛牆上，小店漸漸地氣派風光。

「隆仔，啥時陣要請人客，阿滿姨嘛綴你遮濟年了，好通給人娶娶勒！」店內生意穩定後，旁人有意無意便提起大隆和阿滿姨的婚事，其中竟然包括水生。

大隆沉默不予回應，他知道阿滿姨是好女人又沒結過婚，而他沒理由委屈她。何況秀枝的影像一直都還存在他腦海，這些年阿滿姨雖然和他們熟得像一家人，但總還是有差別——讓孩子去喊別的女人媽，總是奇怪！

越多人提議，大隆便越提醒自己要和阿滿姨保持距離，他最艱困時阿滿姨好心幫忙他，他可不能對人家有非份之想。大隆不善隱藏，心裡有芥蒂言行舉止全都不對勁，阿滿姨明顯感覺到大隆的疏遠，一向直爽的她這回只能將話藏起來，卻忍不住想要探探小紋的口風。

「小紋，妳嘛袂少歲啊，查某人的青春有限，袂堪得拖延，志祐這个少年人大家攏真阿咾，遇到好的對象就要好好仔把握，毋通親像我！」

小紋不太清楚阿滿姨要說什麼，志祐人好她也知道，但總不能由她主動提起，尤其想起大隆的孤單，加上他開過刀的心臟，叫她如何放心離開！

小紋沉默，阿滿姨大大的眼珠子轉了轉，吞了下口水說道：「唉，攏四、五十歲人啊，實在沒啥通好歹勢，我和恁作陣遮久啊，互相了解個性，妳應該看得出我對恁爸有情，但是若人對我攏沒意思，我做一個查某人面皮再厚嘛是有一個底限，生成這馬生理已經做穩了，我應該離開啊！」

「蛤？」小紋未料阿滿姨會這樣說——不成啊，阿滿姨怎可離開？小紋突然情急且心慌了起來，今天會有這一切阿滿姨功不可沒，萬一她走了這店和大隆要怎麼辦？小紋一想到便就著急，一如秀枝當年離開時的不知所措。

「阿滿姨，妳先莫急著走啦，讓我去和爸談談看！」

「小紋這女孩果然得人疼！」阿滿姨感覺欣慰，這樣多年了，老是懸著總不是辦法！

那晚小紋心神不寧，她要如何向大隆啟齒。昏暗的客廳秀枝仍含笑容環視屋裡，小紋多麼想再和秀枝說一次話，即便不說話，只要能讓她握著自己的手一次也好，小紋太了解秀枝，她不會希望大隆孤獨終老。

這滿載思念記憶的屋子大隆一直捨不得將它脫手，大隆內心最深處連小紋與阿慶都無法進到裡頭。阿滿姨有意離開，大隆再不表明態度，阿滿姨便將收回感情以維持她最後的自尊！自尊何其重要！這一點小紋深刻體會！

門咦地被打開，大隆回來了。小紋遲疑一會兒，終仍鼓足勇氣走出房間。大隆果然又坐在秀枝面前，彷似當年每晚回家時那樣！

「爸，」小紋欲言又止，「……」

大隆抬頭，等著聽小紋要說什麼。

「阿滿姨伊——」

「阿滿姨按怎？」

「阿滿姨說，伊想要離開。那……」小紋實在不知如何啟齒！

大隆應是聽見了，他默不吭聲。小紋想著要如何接下去說：「阿滿姨也跟我們這樣久了，爸，你嘛是需要有老伴……」

大隆的臉越來越沉，小紋不得不住口，呆了半晌只好回房。感覺大隆的臉色籠罩著陰霾，小紋側著臉躺在床上，凝滯的夜氣不知等候多久才漸地流動。

柴山下湧泉時而升高時而乾涸，各種主張持續喧鬧。教授退休後仍天天登上柴山，與跳躍林間的猴群相對望。阿猴於林間穿梭，大聲宣導著不要餵食、不要摘採、不要胡亂種植的規定。

猴兒與遊客腳步交錯，擾擾攘攘著誰先來誰後到的傳說。

自山與海觀測來的數據持續累積，志祐電腦裡的曲線隨著多變海岸線彎折，小溪貝塚殘留的貝殼發著幽光。志祐牽著小紋走往柴山，行到山海彎轉最近之處，志祐自袋裡掏出個小盒子，拿出一只戒子替小紋戴上，小紋低頭凝視戒子上那顆珍珠，笑容自心底漾了開來。

鞭炮聲霹啪響，龍蝦戴著霞冠坐於冷盤正中央，鳳螺環繞，軟絲、花枝相依，烏魚子枕著青蒜透著油亮。

大隆店裡坐滿客人，紅豔雙喜字亮於廳堂。

「來喔，新郎新娘向大家敬酒！」阿滿姨清亮的嗓音於席間傳響，小紋著白紗和志祐跟著舉杯。

「阿隆仔，恭喜喔，不過你閣欠阮一攤喔！」

「是啦，是啦，總嘛是要辦辦ㄟ！」

「對啦，對啦！」

阿滿姨的粉臉紅了起來，大隆握起她的手，舉起酒杯大聲說：「已經在選日子了，到時大家要來鬥鬧熱哦！」

「當然喔，那天大家一定要飲予歡喜歡喜！」

「儘量用，儘量用！」

廟前路遊客川流不息，熱煙與人氣氤氳，一隻隻沉浮水底的魚蝦飛躍起來，於光亮招牌上散發海的能量……

大船入港／呂易如攝影

【附錄】

# 港邊鐵匠

天初亮，霧氣未散，阿祥打著赤腳，跟進仔踩著木板跳上船，在甲板上幫著扛碎冰、弄漁網。待馬達啵啵啟動，螺旋槳翻打浪花，進仔又將跟著他阿爸出航。

「阿祥，你快回去啦，別又讓你爸逮到了！」

進仔催促阿祥快離開，他知道阿祥從小嚮往大海，他爸阿龍師卻如何也不肯讓他上船；而進仔卻因家裡有艘船，被迫必須跟著到海上。

晨曦照亮港灣，阿祥趕忙跳下船，鑽進市場，一不留神差點撞倒路邊的菜攤。

「阿祥，透早就遮呢爾痟？頭先你爸才滿四界在找你……」阿好嬸對阿祥嚷叫著。

阿祥一聽知道事情不妙，趕忙三步併作兩步衝回家。刀舖的門已開，阿祥在鐵門前愣了一下，只能硬著頭皮走進去。鼓風爐猛吐熱氣，阿龍師手中的鐵鎚拚命敲，燒得通紅的鐵塊在他氣憤使勁中變扁變寬——砰——鏗鏗鏗，阿龍師一邊用力，一邊在嘴邊碎唸著：

「囡仔人未曉想，掠準海面頂好耍，好好功夫不知要學，到時要哭就沒目屎！」

砰砰——鏗鏗，阿龍師滿腹怨氣跟著鎚打在鐵片上，阿祥聽了只好噤著聲，乖乖拿起掃把掃起來，爐火繼續燒，阿祥蹲在一旁幫忙推轉風扇。火光映出阿龍師通紅的臉，炭煙一熏，阿祥和阿龍師一起灰頭土臉。

阿祥一會兒加炭火，一會兒清鐵屑，有時阿龍師鐵鎚扔過來，便要他開始練習敲——砰，鐵鎚沒對準，鐵塊陷往另一邊——鏗——手一滑，差點便將鐵鎚甩出去，汗水自額頭滴落，鐵塊被敲得坑坑洞洞。

炭火烘烘燒，阿祥兩眼灼熱手痠疼，他常趁著阿龍師沒注意，眼光便往外頭飄。

港灣圈圍寧靜的海，幾艘漁船棲停，進仔家的漁船還沒回來，阿祥張眼閉眼都會想起進仔在海上的情景。

進仔撒網的技術想必進步不少，想起之前他倆一起到海邊，抓蝦撈魚都是阿祥搶先。阿祥喜歡看海流，熟知水族習性，一直以為自己會當船員或漁夫，而這夢想在他小學畢業前，便被阿龍師惡狠狠地擊碎。

阿龍師說：「海湧無情，看天看海吃飯不如靠自己，有一手工夫在身軀，就毋驚餓腹肚。」

「莫想說海面頂有多好耍，還是腳踏實地卡好。」阿龍師一字一句斬釘截鐵，阿祥望向港灣的眼睛被迫收回。

鐵塊在爐上燒，阿祥幫忙踩風扇，鐵塊自底部燒紅，阿龍師趕忙趁著火熱將鐵塊夾出來敲打，厚與薄要拿捏得剛好，阿龍師腦裡繪有一張張設計圖，手臂連著兩眼，燒紅的鐵彷如通了電——鏗鏗鏗，阿祥自小聽聞這聲響長大，而當他想到進仔天天乘風破浪，他卻只能守著店中爐火，越想心裡越怨嘆。之前阿祥常算準時間到港灣等進仔家的船，想聽進仔講述海上奇遇，而進仔下船來卻總一臉疲累，他說海裡的魚沒有小時候那樣多，等著抓魚來賣的感覺一點也不好。進仔說要是他爸同意，他絕對不想要出海！

阿祥聽了覺得很納悶，對海上還是充滿幻想。

阿祥家的刀舖位於港灣市場前，附近店家所用的魚刀多半出自阿龍師的手，阿龍師家三代打鐵，鄉裡頭誰不知道買刀就要找阿龍師。那天鄉裡的大老林桑親自到阿龍師店前。

「林桑，今仔日哪會有閒工來？」阿龍師忙將手上熱鐵擺一旁。

林家是鄉里大戶，地方的事情林桑說了算，港裡較大的漁船幾乎都是他家的，「海福」兩字港內港外都搶眼。阿祥小學班上最漂亮的女同學美玲就是他女兒。

「龍仔，鄉裡幾若年沒鬧熱了，最近心肝感覺怪怪，厝內大小漢攏不平安，明年的大道生，咱好好啊來給鬧熱一下！」林桑坐在店裡，其他人圍站一旁。

林桑方臉大耳，身材魁梧，而他飽滿的中庭裡隱藏著憂鬱，據聞他妻子身體一直不好，近來病情日漸加重，這點讓他很憂心。

「我正請人訓練一支宋江陣隊伍，要請你打造全套武器，好好的打，價錢我不會虧待你。」

「整套？」阿龍師張大眼睛，雖然任何的兵器都難不倒他，但整套宋江陣器械確實是個大工程！大道生在四月，算一算前後不到半年，阿龍師一則以喜一則以憂。

林桑自口袋掏出個大紅包塞進阿龍師手中，並在他肩膀拍了拍。

那天起家裡的爐火燒得更烈，阿龍師積極神情裡顯露出壓力，不須被罵被提醒，阿祥整個人只得變機伶。天越冷，爐火燒得越旺盛，那晚半夜阿祥起來上廁所，聽前頭還傳來鏗鏗聲響，阿祥抹一抹惺忪睡眼，便前去看阿龍師怎麼還在忙？遠看，只見滿屋子火光，阿龍師的身影紅通通，突然間阿祥的眼眶灼熱了起來，回到床上抱著枕頭哭了一場，想起以前媽還在時，至少阿龍師不會那樣孤單。不一會兒，他欲裂的頭殼跌進夢裡，鏗鏗的打鐵聲繼續，他看到進仔在船上對著他揮手……漁網自空中撒下，大魚小魚拚命地跳著。

被窩正暖，阿祥猛地驚醒過來，趕忙衝到店裡，阿龍師在躺椅上呼呼睡著。爐底炭火已然涼冷，灰燼堆滿，阿祥勤快清理灰燼，拿砂紙磨利鐵剪，並將器械一一上油。十二月天，冷冽海風呼呼地吹著，阿祥家的門板發出碎碎聲，而後那響聲加大且急促，仔細一聽——外頭有人敲著門。

「誰？」阿祥前去開門，阿龍師睜開眼，猛地站起來，頭重腳輕，差點就要跌倒。門一開，原來是林桑家的老僕人。

「又出事了，這半年來船已經翻第二隻——阿龍師，你遐的兵器做了按怎？林桑吩咐要你另外做一支祈福鎮邪寶劍，那些水鬼啊太不像樣，這次法會一定要將那些妖魔鬼怪徹底鎮住。」說著翻出一張神靈託夢給林桑的圖樣：「做一支鎮邪寶劍，林桑說多少錢都無所謂，只要能打造出神明的旨意。」

阿龍師兩眼泛著血絲，什麼樣的鎮邪寶劍？那規格從來沒見過。神的意思，哪裡是人能夠完成？阿龍師緊皺眉頭，見阿祥還杵在一邊，便瞪了他一眼。阿祥趕忙把木炭倒進爐中，燃火燒鐵，並一鎚鎚地敲擊，鏗鏗鏗，他心底不禁擔心起進仔，進仔家的船應該還好吧！

廟前廣場，四、五十個青少年摩拳擦掌，武館師傅站在前頭大聲吆喝，少年們便踢腳、旋轉或威威喝喝地跨馬步，雙雙對打了起來。阿祥班上好幾個同學也在隊伍裡面，為一場隆重的祈福盛會拳打腳踢。

廟裡煙香裊裊，鄉民拿香猛拜，而港口這頭一片苦不堪言——汽油貴魚產少，老天又不保佑。

「閣按呢落去，漁船攏堪不住，連林桑這幾年都賠這樣多，何況是咱大家！」

「聽說林桑那個婧某也只是在看日子而已！」

阿祥難得可以溜出來，從市場到港口，沿路盡聽到這樣的言談。畢業後就沒看到美玲了，她過得可好？林桑病危的妻子就是美玲的母親，她母親應是生病很久了，之前班上同學認為美玲是冷漠的富家女，原來她是因母親的病不開心。近來阿龍師要阿祥按照圖樣練習打造鐮刀和斧頭，鐵一燒紅，鎚子落下，鐵片一分分擴寬。許多記憶和想像中的人事便一幕幕地浮現——美玲長得纖細白皙，若將頭髮往後梳，像極了古書裡的仕女，阿祥有時翻閱阿龍師的劍書，裡頭的女生都長得像美玲。

阿祥被迫守著爐火，連進仔都不容易見面，更何況是美玲！

而那天阿龍師要阿祥將幾件刀、叉和鐵鉤送到林桑家，前來應門的就是美玲！美玲變得比以前更美更白，她帶著阿祥穿過庭院進入大廳。阿祥瞪大眼睛，只見廳前一張大檜木桌，後頭是一艘約莫兩公尺長的大船模型，寬闊的牆上貼著海景，處在客廳如同坐在船上，靠裡頭的整面牆，則供奉著各方神明。

和美玲一時間不知要說什麼，阿祥正打算要告辭，這時林桑宏亮的聲音自裡頭傳來——

「妳儘管好好休息就是了，什麼都不要擔心。」

林桑的魁梧身影自神明旁的側門出現，微弱的聲音跟在後頭，瘦弱蒼白的婦人被推出來。

輪椅靠近，阿祥將美玲母親的樣子看得更清楚——蠟黃的臉色看起來有些嚇人，整個人像紙糊的一樣。

阿祥打開盒子，現出帶來的兵器。

林桑將刀放在眼前仔細端詳，情不自禁地讚美起來：「了不起，你爸果然是出名的老師傅！」林桑瞇著眼細看刀紋，鋒刃於眼前露出光芒。

「阿龍師的功夫實在讚！」林桑呵呵大笑，似如武俠小說裡的山大王。說著便側身對阿祥說：「少年家，恁爸那身好功夫，你一定要給學起來。」

「他才不要打鐵呢，他喜歡出海——阿祥，我記得你是想要當船員的，是不是？」美玲頭轉向阿祥。

阿祥先是一愣，然後猛點頭。

「出海？出海就要來找我——那你家的刀鋪怎麼辦？」林桑又呵呵笑起來，他要妻子趕緊回房休息，便出門去忙了。

阿祥雖想和美玲多聊幾句，但想到阿龍師正在家裡頭忙，便一刻也不敢再耽擱。他一路小跑步，經過港口前有人從背後喊住他。

回頭望，是進仔站在船上。

「你怎麼沒出船？」阿祥三步併作兩步地跳上船。

進仔放下手邊的漁網，聳聳肩，嘆口氣：「阿爸說掠沒啥魚，一次出海油錢花那樣多，再這樣下去，恐怕連船都保不住了！」進仔神情沮喪！

怎會這樣？不，不會的，大海是水族的家，待在海上是他們共同的夢想——不會永遠這樣的！突然間，阿祥寧願相信大海真由神靈護守，誠如林桑及其他鄉佬所說的——是妖魔作祟造成眼前情況！等大道生，等林桑籌劃的超大法會登場，阿龍師鑄造的鎮邪寶劍一出，一定可以降魔驅邪，說著他趕快跳下船奔回家。

店裡剛好有人來買刀，阿龍師爐火正熱分不開身，一見阿祥忍不住破口大罵著：「你這个夭壽囡仔，叫你送一个刀竟給我送規晡，火正著，害人客等遮久！」

一邊的熟客聽了忍不住也數落起阿祥：「恁母仔早過身，剩恁爸一个人又要顧店又要做刀械，鐵打的身體嘛棟未條，阿弟仔你要卡會曉想ㄟ！」

老人家說唸就唸，一點也不留情面，句句如刀劍般傷人。提到媽的死，阿祥心底的傷疤又被扯開！

小二那年，阿祥他媽身體變差，之前她店裡外兩頭忙，將阿祥和阿龍師照顧得完好周到，她的殷勤和阿龍師的製刀技術成就刀舖的口碑。那時阿祥只管好好上學，課餘時幫點忙，一點壓力也沒有，哪像現在！

阿龍師的刀無人可比，別人的刀用不到一個月便報銷，阿龍師的刀用一年以上也沒問題。他將鋼片包在鐵裡，經千鎚百鍊打好後再磨利，厚薄恰到好處，堅韌無比。好廚師配好刀，阿龍師的產品進入許多人的家庭，想到這裡，打鐵這工作似又深具意義。

而做這行註定須受煎熬，打法、火候控制穩定，阿祥便被要求按圖打出器械，烈火軟化鐵塊，趁熱鎚打鍛接、拉彎伸直，旁敲側擊需要的彎弧。鏗鏗鏗，熱鐵如黏土般，阿祥拿著長夾輔以鎚杵，鑽洞、鏤空或凹出適當的把手，阿祥學阿龍師將毛巾綁在額頭，器物於手中成形成樣。阿龍師在一旁嚴厲挑剔，鏗地便將阿祥辛苦打出的器物丟往廢鐵堆。阿祥兩眼燒紅，淚水與汗珠混流一起。鏗鏗，阿祥痠麻的手臂繼續使力，阿龍師自後頭一鎚便往阿祥的器物重力鎚下。

「做代誌無頂真，以後哪會有出脫？」

阿祥緊咬著牙，好想丟下鐵鎚，離開讓人氣惱的爐火。

「我不要打鐵了總可以吧！」阿祥心底厲聲叫喊，儘管壓抑，強烈的反抗情緒終究浮現出來。阿龍師看出阿祥的反叛，當初自己不也和父親經過一番火拼。為了逃避打鐵宿命，阿龍師好幾度收拾包袱，趁著天未亮逃離家園，他兼程趕路，乘慢車快跑步，他曾在工地挑磚砌牆，到土窯捏泥巴做陶土，甚至搭船離開陸地，寧願出海網魚總比打鐵要強，差點就死在海上！而他最後還不是乖乖地返回家鄉，這口祖傳的爐火需要有人來繼承，阿龍師終究逃不開父親的手掌心！如今他對阿祥縱有同情，嘴邊和意念一點也不能夠讓步。

「你要是敢逃，我就用繩子把你綁在火爐旁邊！」阿龍師咬牙切齒，他不許阿祥離開，尤其是到海上！

「所有人都能到海上，為啥我一定要留在這裡？我才不想一輩子白費力氣！」

阿龍師的辛苦身影阿祥可不想跟隨，世上哪有人強迫自己的孩子一輩子受苦受難。

「我不要！」

阿祥的情緒隨著鼓風爐高漲，心聲脫口就要大喊出來，而他終究忍了下來。火繼續燒，生鐵遇火如有脈搏，鏗鏗，阿祥在火前拚命敲，如何也學不到阿龍師的控火節奏。鼓風爐呼呼響，炭堆燒紅，阿祥將喘息跳動的熱鐵夾出，熱力敲打，心血聚焦，好不容易將器物形塑出來，卻總逃不過阿龍師的批評。阿龍師拿起鐵鎚自鍛接處用力一擊，好端端的刀便硿地斷成兩半。

冷水自阿祥頭頂淋下，阿祥痠麻的兩腳蹲伏爐旁，又一次次站起來。火燄通紅，阿祥用力鎚，頑強的鐵如何也不聽他使喚。

「重打、重打、不能用……」

阿祥無法在爐火前喊叫，那回他終於忍不住拋下鐵鎚衝出門。他沿著港灣繞過沙灘，不理會冷雨撲面，逕跑到媽墳前，蹲著抽搐嚎啕大哭了起來。

細雨迷濛，阿祥嘴中吐出的熱氣混融在水霧當中：「媽——」

遠方防風林窸窸窣窣，海上清冷，一座座墳塚及小廟仰望著天。

海風於阿祥的衣褲間穿繞，阿祥沿著沙灘往回走，走到廟前，廣場前宋江陣隊伍正緊鑼密鼓地演練。教練嚴厲的口令在雨中傳響，兩隊團團圍繞，指令一出便交互對打了起來。阿祥在隊伍正中央看到林桑的高大身影，他陪著站在雨中，跟著滿場追跑。頓時，廟宇如巨船般向大海航行，漫天烏雲堆積，神鬼隱隱地對峙。

阿祥似乎見著美玲推著她母親在另一頭，他疾疾呼呼地跑將起來，只見小魚小蝦鋪躺漁市場，老漁夫蹲在船板抽著菸。阿祥衝回家裡，阿龍師站在火爐前邊，萬道金光自他身體散發出來，阿祥趕忙回到爐前，將廢鐵熔成的鐵塊再丟進爐火，舉臂鏗鏗敲打起來。淋濕的衣褲不一會兒便被烘乾，額頭汗水一顆顆滴流下來……

鏗鏗鏗——鏘，兩團火燄在阿祥眼中燃燒，阿祥真不願這樣敲敲打打過一生，總要找個機會跟阿龍師說清楚。阿祥天天在心底籌劃著，卻總是開不了口。那天他在港口遇見進仔，進仔說這兩天會再出船。

「總是要出去看！」這話在阿祥的心底迴盪不已，總是要出去看看……，那晚爐裡的灰燼還熱著，阿祥見阿龍師躺上床，便也進房佯裝入睡，一晚上阿祥側耳警醒著，既怕阿龍師醒來，又怕一不小心睡著了，天一亮便不好脫身，仔細聽著阿龍師的鼾聲。

「呼——呼——恐恐……」

阿祥摸黑躡手躡腳推門奔往港口，一路小心翼翼就怕遇著熟人，他閃著躲著，幾艘預計出海的船上掛著煤油燈，船員扛冰，整理繩索，有的提燈有的嘴叼著菸，點點紅光沉靜熱鬧著。阿祥依照和進仔約定的信號，趁著天黑混上船躲在船艙角落，等船啟碇出了港灣後再出現，進仔的父親即便生氣，船也不好再回頭。

阿祥閉上眼睛，想像阿龍師發現他不見時的情況，整顆心撲撲跳。月如鐮刀收割著西天雲彩，船快開吧，阿祥等這一刻已經太久。進仔站於前方甲板，身體隨浪起伏，浪加高，而後下沉。進仔轉頭對著阿祥微笑。

「出海了，阿祥，我們總算一同出海了！」

阿祥自角落衝了出來，他倆人在甲板上高興地抱在一起。
進仔的父親在一旁怒瞪著眼睛。
「爸，就這一次，你就成全阿祥嘛！」
「出海打漁可不是鬧著玩的！」進仔的父親忍不住教訓。
阿祥和進仔於是正經地幹起活，整網、掛魚餌。阿祥深呼吸，他忙得好快活，放眼望，不遠的海上有魚躍出海面。
「有魚啊，怎麼會說沒魚？」
海風吹來，鹹潮氣息拂出他一身舒暢，放眼望，好幾艘海福號漁船分佈海上。阿祥大開了眼界，而大半天過去，進仔父親及船上其他漁工沒有一個人開心。
「近來都這樣，只見小魚跳來跳去，大魚都不見蹤影。」
「能看到小魚跳還算不錯，常常是成天一片死寂！」
船上漁工一個個叼起菸，各自瞧望著前方。引擎啵啵響，進仔父親的心血一分分被燃燒。遠望，海福號漁況似乎也不怎麼樣。各方眼光分頭繞轉，相互觀望也交換著無奈。

「你看！」進仔指著浮上水面的海龜，一隻、兩隻、三隻、四隻，阿祥看得目瞪口呆，初始的興奮很快便為周圍人的苦悶所沖淡。

「阿祥莫憨啊，海上沒有我們小時候想得那麼好玩！」進仔一臉沮喪。

進仔父親要漁工熄掉馬達，任波浪推行船隻，一個個空望著漁網，許久後，在船尾甩竿垂釣的漁工大喊：「釣到東西了！」

阿祥和進仔衝向後方，眼睛金亮了起來。

漁工小心收線，「很沉，咬得很深。」線走得小心，但似乎沒有繞行出走的趨勢。

「可別是掛底了！」

眾人屏氣凝神，未出水前總想著各種可能。然後繃地，線斷了！好不容易才有的期待瞬間落空，一片唏噓讓船上陷入沉默。過了半晌，船尾又喊叫了起來。

「那是啥？」

眾人目光集聚漁工手指的方向——只見一片不明物體若隱若現。進仔父親吆喝著啟動船，啵啵駛向物體的方向。

「到底是啥？」

水流波動，四五雙眼睛聚合一起也看不清楚，砰地，漁工甩掉手中釣竿跳進水。

而後船下高聲嚷叫了起來：「是廢鐵！」

漁工們將繩索丟進海裡，綁住鐵片一角，齊力將它拉上船。

「這片鐵還蠻大的！」

「阿狗，潛下去看還有沒有？」

船上興奮地叫嚷，阿狗一次次帶著繩子潛進海裡，鐵片陸續被拉上來。甲板上頓時堆滿廢鐵，鐵條鐵片組成一隻大怪魚。

「這趟船算沒白跑！」

眾人方才低落的情緒總算高昂起來。

船往回開，夕陽於海平面上燃燒餘燼，星火散開，而後化成岸上點點燈火，一種前所未有的落寞浮上阿祥心頭。船靠碼頭，等不及起重機將廢鐵吊往岸上，阿祥趕忙奔往回家的路。沿途想著阿龍師見著他的表情以及入門後可能遭到的責罰，心情、腳步不覺沉重起來。

心虛，不安，阿祥硬著頭皮踩進家門，裡頭一片漆黑。

「爸呢？」

阿祥預期阿龍師會迎面或從後頭重摑他，早想好要緊咬牙根承受一切後果，可是，阿龍師呢？

「爸！」

只見阿龍師癱躺爐火旁，手上還緊握著剛鑄好的劍，阿祥將阿龍師抬到長椅上，拚命地喊叫，阿龍師卻無知覺。

「爸，我回來了！爸……」

阿祥急忙請拳頭師王祿仔仙過來，王祿仔仙仔細診斷後只說阿龍師太操勞，肝火過旺，氣血攻心，必須要好好休息。

阿祥扳開阿龍師的手，將阿龍師緊握的寶劍接了過來。想起阿龍師這幾天不分晝夜，拚了命打造的應該就是這把劍，阿祥將劍放在眼前細細端詳——四面刀刃各有不同紋路，阿龍師的呼吸窸窸窣窣，刀面上的圖譜靈動變化著。

距離大道生不到兩個月，兵器卻打不到一半，阿龍師癱躺著，阿祥看了好生地著急。

火爐旁，李鐵枴一身寬鬆薄衫於畫中飄揚，阿祥學阿龍師平日那樣燃香敬拜：「爐公先師，阮爸上信祢，求祢保庇阮阿爸，也求祢幫助我打出兵器。」阿龍師躺在一邊，阿祥在爐火前焦急喃唸著，他多麼希望阿龍師能站起來痛罵他，甚或拿鎚子往他頭上用力敲都可以。

「爸，你趕緊好起來，我一定會好好學，未閣予你生氣了。」阿祥的淚水迸地彈落生鐵上頭，他將阿龍師揹進房裡，自己則在火光中翻動兵器圖樣——斬馬刀、月牙鏟、鉤仔、戈仔、躂刀……阿祥將那圖像印進心坎，而後用心運轉著火候，火燒、鎚打、灑水、冷卻、再火燒……生疏的彎轉慢慢拿捏出訣竅，槊刀、鐵叉和鐵尺，阿祥凝聚心神，鐵夾和鎚子與身體合一，鎚打當中似感應著阿龍師的熱力。李鐵枴於散落火星中指指點點，鏗鏗鏘鏘，阿祥手勁如獲神助般靈巧。

鼓風爐繼續推送，第三天，阿龍師蒼白的臉回復一些些血色；第六天，阿龍師睜開眼睛；第九天，阿祥將自己打的兵器拿到阿龍師跟前，阿龍師眼睛亮出光采。阿祥將阿龍師揹至爐邊，在他面前鏗鏗鏗鎚著鐵。阿龍師見阿祥忙碌賣力，忍不住舉手用力比畫，他的手顫抖，身體搖搖欲墜，嘴含著舌頭發不出聲音。

林桑派人前來探望，他們擔心宋江陣兵器不能如期交件！

阿龍師呆滯著目光，阿祥篤定地說沒問題。

爐火不停，阿祥的手越痠痛，擊打得越賣力。

而在另一頭，海上的進仔兩眼繼續空望著前方。

「魚到底去了哪裡？」

進仔目光游行海上，起伏波濤在船下發出啪啪聲響，一雙雙疲憊眼神在海上茫然找尋。偶爾見著鐵片鐵條於潮流中載沉載浮，漁船如見獵物，一一打撈上船。廢鐵自海上被載回運往廢鐵廠，烈火燃燒，鐵條鐵片熔成鐵塊，鏗鏗變成阿祥鎚打的原料。

木炭燒紅，烈燄日以繼夜，器械於火燒中一一成形。

鏗鏗，阿祥手中的雙刀磨出亮光。鏘鏘，月牙鏟閃露利齒，水噴、火咬，阿祥拚了命敲敲打打，銅鑼刀鈸堆疊地上。

廟前，咚咚鼓音混著鑼鼓聲響，鞭炮霹靂啪啦，田都元帥供奉在隊伍中間，兵器擺放在兩旁。少年握起拳威怒著神態，先向祖師爺行敬拜禮，再集體向中央圈圍。教練持香快跑，呼呼繞轉著大圓圈，香煙裊裊牽引，神靈會集，咚咚鼓聲中，少年虎步向前抓起中央的武器，咚——咚，怒喝聲劃破低雲，鑼鼓喧鬧中，旗斧帶領隊伍逆時鐘方向繞場，三十六個少年移步成了千軍萬馬，少年一個個莊嚴神色，頭旗、雙斧分開帶頭，利斧揮出，器械輪番上陣，神魔混戰，邪靈混亂……

林桑站在廟殿正前方，美玲推著輪椅上的母親蹲跪一旁，進仔和他父親、村民、漁夫全部圍站過來。香火環繞、漫天雲層凝聚，咚咚、鏘鏘，兵器相接，兩隊連環對打起來。

鼓音咚咚敲響，阿祥扶著阿龍師走到廟殿正前方，捧出鎮邪寶劍。林桑站在香爐前，鏘一聲用力揮出四面刃寶劍——頓時萬道金光自雲腹閃亮出來，少年兩兩對打，虎步移動，蜈蚣陣行，一個個奮力前衝——呼呼叫喊震天響，雲層在天空聚攏然後消退……

爐火再燒，木炭燒紅了鐵塊，阿祥於爐前鏗鏗鎚打，阿龍師在一旁畫著古兵器圖樣，火光躍動中，阿祥的身影與阿龍師合而為一，於四面牆上映照出光彩，李拐仙蓬鬆的衣衫在火光中飄飛起來……

鏗鏗響音自港灣傳向大海，進仔站在船頭，辨識著潮流走向，拖釣尾繩繫綁著棉線，餌鉤於浪間起伏，海福號漁船，繼續在海上散列開來。

【附錄】

# 媽祖魚

清晨天未亮，仰伯與坤叔一如平常來到堤防上，接好釣竿，裝上假餌，腰一彎扭鉤線甩出，一天的日子就這麼開始。仰伯將菸點燃，眼望前方夜幕漸次掀開，天色從地平線亮起來。

坤叔在一旁繼續地忙著，和魚粉、綁魚鉤，先看水流再衡量鉛錘重量，所有細節都慎重。仰伯菸已抽半根，坤叔才將釣具全備齊，正要揮竿——便聽有人自另一頭嚷叫著：「坤叔仔，要做阿公啊，透早閣有閒來海邊搧東風？」

坤叔聽在耳裡懶得理會，屁股抖兩下，左手提餌線，右手持釣竿，渾身拉成了大彎弓，正要使勁全力甩出漂亮的一竿，另一頭又有叫喚聲傳來：

「坤叔仔，媽祖生要到囉，今年應當帶恁秀娟去進香？」

阿好姨響亮的聲音自沙灘順風飄過來，她頭戴斗笠包得只剩兩隻眼在灘前撿海螺。阿好姨是村裡的廣播電臺，不論大小事情，一經她的嘴立即人盡皆知。秀娟的婚事被阿好姨放在嘴邊添油加醋，什麼祕密也保不住。想到秀娟要嫁的那傢伙，坤叔還真不知要如何說！什麼水產專家，連水流天象都說不清楚，竟敢要在海上當家做主！沒事坐船出去繞兩圈，回來便一大堆主張，開口閉口全球暖化，盡用些聽不懂的名詞與現象來唬人。老漁民無法答腔便隨他要怎麼說，反正那些穿襯衫的人說他的，老漁夫則信他們自己的，茫茫大海，坤叔就不信除了媽祖之外，誰有能耐決定一切！

坤叔以為這些人隨便說說罷了，萬沒想到前年還將一塊塊叫什麼人工浮魚礁的東西丟進海裡，沒擲筊杯也沒請示神靈，就這樣膽大妄為！坤叔和其他老漁夫氣得說不出話，拿著菸桿子猛抽，怨氣咳嗆起來，魚群也跟著紛紛遠離。

廟前的火爐插滿香，煩惱於港前鬱積，由它去吧，坤叔學仰伯提早從船上退下來，沒事垂釣港邊，海上的事聽聽就好。偏偏人不惹事事情卻找上門，一失察，他唯一的寶貝女兒秀娟竟和那自以為是的水產研究員俊明暗通款曲，坤叔發現時已經太遲，這樁婚事他不得不點頭！

又一次坤叔覺得吃了悶虧，時不我與竟然到了這樣地步！坤叔心裡有氣，力便分散，咻地——魚線於空中拉出個大彎弧然後進海，不偏不倚剛好和仰伯的線交錯，兩人默契地互換位置，繼續面對同樣一片海。

仰伯咬著菸，眼望浮標，偶爾將被潮水沖回的魚線收回再甩出，他的手勁強方向準，魚鉤永遠落在預期的地點。討海一生練就這身功夫，而在岸上就沒得這樣輕鬆，十年前大兒子阿彬落海，仰伯的老婆月櫻受不了刺激神精錯亂，常常將仰伯當作阿彬拚命喊，當初是仰伯堅持要阿彬和他一起上船，阿彬被海帶走他比誰都難過，月櫻一次對著他喊阿彬，仰伯的心便再淌一次血，仰伯索性在月櫻兩眼睜開前便到港邊來，面對海，讓腦筋一片空白。仰伯的小兒子小煌就要入伍，關於他日後要做什麼，仰伯不再有意見。

浮標動了動，感覺有魚在吃餌，竿子往上扯，收線，再甩出，多半只釣著了陽光和海風。

仰伯與坤叔是幾十年老友，仰伯看著秀娟長大，這女孩既聰明又討人喜歡，要不是阿彬，仰伯還真希望秀娟能當他家媳婦。唉，凡事看天，媽祖自有安排，仰伯用力再吸口菸，海浪一波波，人生故事不斷往後翻。而這些年海上情形確實不好，漁船叫苦，連他們這些陸上釣客也明顯感覺到差異，每天看著漁船啵啵駛出，撒網拉回，浮木、樹枝與垃圾比魚蝦還要多！

村裡很多人都認定這是那人工浮魚礁惹的禍，阿好姨傳來一派說法：媽祖及海龍王對那不明的外來物很生氣，不但要率領水族離開，近期內還要降下大災難，讓自以為聰明的人知道誰才是大海的主人，傳言跟著海風吹上岸，於村裡頭到處繞轉。村長受著政府壓力要村人不要輕信謠言，而漁獲確實銳減，魚兵蝦將心不向港灣，這情形再持續，別說漁村不富裕，恐怕連最基本的生活都別想過，這話題攸關漁村生死存亡，任誰也不能不在意。

阿好姨說得越起勁，村民的心越慌，偏偏俊明於訂完婚後便住進坤叔家裡，醒目白櫬衫載著秀娟在村子裡到處轉，漁民的抱怨緊緊地跟著。

「媽祖生氣了，一定會有報應的！」

蕭條村落裡吹起陣陣冷風。甚至有垂釣者傳言看到異象，一道白光跳出水面然後消失，潮汐錯亂，海上經常漂來一截截形似水族的枯木，村民拿著便到村長那兒繪聲繪影地投訴。

「大家看——魚仔全變作柴尪仔，再繼續下去，大家的肚子都只能束起來！」

「漂流木到處有，大家毋通亂說，自己嚇自己！」

村長敵不過村民不安的請求，便一次次到廟前去燒香。

枯木於海邊放整堆，有的橫躺，有的不知被誰豎起來，扭曲的身影如鬼魅，於傳言中豎立、堆疊各種噩運。

出海漁船越來越少，前來垂釣的人也不多，魚網不是空空如也，便一次次被浮木給刺穿！

漁民到廟裡抽籤問神明，神明說得清清楚楚：「褻瀆三光造孽多，汝今求禱嘆無因，欲逃此日風波險，改過虔誠奉斗真。」

造孽、改過，一定是人工浮魚礁觸怒了神靈！

港前議論紛紛，父老的意見不斷匯集著。

漁況越糟大家對俊明的居心與來意越來越質疑，隱隱埋怨起這門親事！

「少年人的感情我哪有法度反對？」坤叔常常也被搞得莫名其妙，「海面頂闊茫茫，人又不是神！」

坤叔替換新餌，再次將竿子甩出，又纏線了，和仰伯正要交換位置，突然間咻一聲仰伯的線被直直地拉出，轉輪拚命轉，坤叔趕忙收回他的線。

仰伯的魚線繼續被拉出，咻咻聲響讓堤防上的釣客全圍過來——釣竿彎得似乎要折斷。所有人睜大眼，任誰也知道——大魚上鉤了！

咻——咻！釣魚人夢寐以求的聲響持續著。坤叔抓起撈子等在一邊，兩手不停地抖著。

「小利，毋通著急！」所有人屏氣凝神，彷彿仰伯手上的竿子是他們的。

仰伯深呼吸，兩腳跨馬步，緊線時鬆放，等魚靜止再一點一點地往內收。仰伯的心怦怦跳，陽光照出，額頭滴流出汗水，而那魚突然不動，所有人僵在那裡，仰伯與坤叔交換焦急眼神——心底猜想著：「到底是啥？」

過一會兒，又一陣急遽的拉扯，倉皇間線便斷了！魚線驀地變鬆，仰伯整個人跌坐地上，所有人失了魂般！

「魚跑掉了！」

「到底是什麼？」

失望加上無法獲得解答的疑猜，仰伯頓覺疲累，將東西收一收便先回去了。留下坤叔和其他人不信邪地拚命甩竿，希望將跑掉的大魚釣回來。

仰伯提早回家，月櫻正蹲在院子裡晾晒菜乾，見到仰伯便質疑：「今仔日哪會遮早轉來，船是行到叨位？」

仰伯知道月櫻又搞不清楚他是誰，便胡亂地應著：「魚仔走去，人就倒轉來啊！」說著便到廚房找吃的！

從鍋裡盛了些飯，便坐著吃起來。桌上有盤魚，夾一口放進嘴裡，不吃還好，嘴一咬差點牙齒就崩掉，仰伯呸地吐出，對著院子叫嚷著：「這是啥魚？」

「誰人知？魚皮親像鐵板，連切嘛切未落去！」

仰伯往水盆裡一看，一隻斑點長翻車魫在水中半浮著，嘴形和身體怪模怪樣，近來怪魚果然特別多！

月櫻進到屋裡，對著仰伯的背影又碎唸了起來：「小煌就要當兵了，恁爸整天攏沒看到人，你又在海上，厝內不時只賭我一个！」說著便遊魂般進了房！

仰伯頓覺煩悶，胡亂將飯吃進肚裡便又出門。

年關就要到了，往年這時村裡早就熱鬧滾滾，而今年卻沒什麼過年心情。小煌這傢伙從小就晃蕩不受約束，仰伯和月櫻不期望他出海，他卻盡往海上跑。那回俊明找人入海去看浮魚礁，小煌竟也好奇前去湊熱鬧。船一回來，憎惡浮魚礁的鄉親頻頻數落他，卻也有人將他拉到一邊偷問著：

「下面到底怎麼樣？」

小煌說不出個所以然，只照俊明的吩咐將浮魚礁上的青苔刮起來裝進瓶子。之後便常見小煌和俊明成天搭著竹筏在海上繞，經過堤防前還會對著仰伯和坤叔揮手打招呼。坤叔表面沒反應，心底卻慢慢生起莫名的驕傲：「讀冊人總是卡有才調！」

仰伯空著手走到岸前，幾隻竹筏鎖綁一起隨著風浪相搖撞，坤叔還在堤防上，一副不將大魚拉回絕不罷休的樣子。

釣了半天桶子裡只有幾隻小白口、午仔和雜魚，不過幾年功夫，漁產便少成這樣：「媽祖婆，求祢要好好保庇阮這个漁港！」

天色漸暗，堤防如船漂浮海上。坤叔換上螢光浮標和仰伯四隻眼一起瞪著海面，冷風直撲過來，兩人各自燃起菸無聲抽將起來。一起起浪於碎波堤前啪啪濺開，岸前一次次亮起來。這感覺像在海上，年輕時搭乘漁船在浪裡翻滾，只要海裡有魚，他們何曾懼怕與心慌？而現在，仰伯與坤叔同時嘆息，墨黑的天空，飛來一整片烏雲，雨的氣息籠罩著。

「來轉啦，魚仔今仔日未閣來啊！」仰伯忍不住提議。

坤叔正要將魚線收回來，他和仰伯兩人同時見到白色海豚躍出海面！

「媽祖魚，媽祖魚！」

兩人雙手合十，興奮瞧望著海面。只見那三、四條銀魚接連躍出、相互追逐，盤繞一會兒便消失於海的盡頭。

仰伯和坤叔像見媽祖顯靈般神奇，東西收一收便彎到小吃店裡喝兩杯，一邊喝著一邊描述：

「媽祖顯靈了！媽祖顯靈了！」

隔天阿好姨在街頭巷尾一嚷嚷，全村人莫不興奮！

那幾天，村人沒事便到海邊去等著，只是沒等到什麼結果。

枯木對海，海浪一波波，雨水月光紛紛灑落，那扭繞枝幹便跟著婆娑起舞，廟前燈火熒熒閃閃，堤岸汲引浪潮波波前來。一道道金光隨浪起伏，海水翻捲而後轉成嗚咽，星光摀住眼睛，月也藏進雲腹裡面。

那回天亮得特別晚，仰伯和坤叔立於堤防最前方，天濛濛著，仰伯正要甩竿，突然，眼角餘暉瞧見灘前似躺臥著不明物體，仰伯用手背擦了擦眼，再睜大眼睛看——

「沙埔頂親像有物件！」

仰伯與坤叔走向沙灘，潮水消退，一大片沙灘曝露出來，再走近些，只見一隻二百多公分的白海豚擱淺沙灘。

仰伯蹲下來瞧，白海豚一動也不動，脖子被漁網纏綁，上頭有明顯的勒痕。

「可能死了！」仰伯初步推測。

「緊通知村長！」仰伯與坤叔皺緊眉頭，心底萬分不安，坤叔忍不住雙手合十，一邊走一邊喃喃禱唸著：

「媽祖婆要保庇，媽祖魚哪通死死去！」

路上剛巧遇著阿好姨要往沙灘，一聽便自告奮勇去通知村長。

不久村長、俊明、小煌全都趕來，大家圍觀著不知該如何！

後來海巡人員也到場，看過後便將白海豚搬運到安檢所的停車棚。

白海豚早就沒了氣息！

阿好姨及在場婦人燃香對著媽祖拜，嘴裡碎唸著：「媽祖魚——媽祖一定會保庇！」

各方專家陸續前來，而魚已死無從營救，只好緊急調來貨車，在海巡人員協助下將白海豚搬上車，用冰塊、沾濕的紙板及棉被包覆著，隨即送往科博館進行解剖化驗。

陽光轉強，媽祖魚的身體看起來更加瘦弱，身上的皺褶一層層浮現出來。村民眼睜睜看著媽祖魚的屍體被運離開，有的人紅了眼，有人再也忍不住心裡的憤怒！

「什麼人工浮魚礁，根本就袂始得！」

「是啊，啥物實驗？咱依靠吃飯的大海哪會當亂使來，拿掉拿掉！政府再不處理，咱就要起來抗議！」

「這和人工浮魚礁啥關係，明明就是拖網船害的！」小煌憤怒地挺站出來：「白海豚全身都是傷，分明是被魚線纏住，讓漁網船拖著走才會這樣！不要每件事都怪往人工浮魚礁！」

安檢所前一片擾攘，村長要大家先回去。

「代誌不是這樣吵就可以解決！」

白海豚在科博館內被解剖，骨骼製成標本。

那幾天，秀娟要俊明待在實驗室裡不要出來，仰伯與坤叔沒事聚在堤防前，有一搭沒一搭地聊著，如何也提不起勁來甩竿。

竹筏搖搖晃晃，漁船該出未出，漁網被收藏起來。

消波塊阻擋，朵朵浪花被吸進石縫裡面。

仰伯與坤叔站在堤防最前面，燃起菸，濛濛眼前霧起當年的景象——想那時一趟船出去，沒有大豐收，至少也有一些零星的魚可以賣錢或供三餐，而今魚與船相背離，即便天天守著海，也守不出個所以然！

想起小煌，仰伯便又憂心了起來！這小子愛海，海上前途難測，讓他這做老爸的如何放心！

這頭兩佬愁眉不展，那頭小煌則搭著竹筏，暗自於人工浮魚礁中到處鑽。綠藻又長厚了，浮游生物隱隱地漂著。一雙雙眼睛藏在魚礁當中，小煌含咬著吸管，喜孜孜浮上海面深呼吸。驀地看見一艘拖網漁船行駛過來。

「又來了，不是說三海浬內不可以拖網嗎？」

小煌憋著一肚子氣潛回海裡，躲在人工漁礁當中，只見那拖網如畚箕般橫掃過來，一切盡入囊袋。網線帶著千百雙利爪覆蓋下來，勾著浮魚礁，啵啵拖行，浮魚礁上的綠藻及孵化中的小眼睛，強被拉扯了下來。

「不——」

小煌再也按捺不住，奮力要將漁網扯開，而網子卻撲天蓋地而來，他忙亂不過，便掙出水面，對著拖網船破口大罵：

「近海不行拖網，你們到底知不知道？」

船上的人不理他，小煌氣不過，攀著網便要上船和他們理論。

船夫拿出手槍對著小煌：「不怕死就上來試試看！」

「你們眼中還有王法嗎？」小煌敲著船，大聲嚷嚷。

千鈞一髮之際，海巡船剛好過來。

船夫放下槍，兇狠面容瞬間轉成驚慌。

海巡人員用擴音器對著漁船叫喊：「違法拖網，立即回航！」

漁船被海巡船押回部隊，小煌游回竹筏，癱躺船上全身抖顫，意識昏昏然。迷濛當中彷見拖網漁船又再回來，密網從天撒下，將他全身緊緊地綑綁。

小煌死命掙脫，而越掙脫網線纏繞得越緊，他脖子緊緊被勒住，渾身動彈不得，海水自鼻腔灌進肺裡，小煌拚命咳，然後清醒。

小煌將竹筏划回岸邊，海上星一顆顆光亮起來。星斗如杓舀著銀河，潮浪一波波打向岸邊。岸上浮木映著星光海水，便又婆娑靈舞起來，遠處媽祖廟的燈火仍然亮著。

隔天，小煌乘著竹筏到處轉，沿途將浮游的漁網、釣線、浮木和垃圾一一拉上船，再一趟趟地運回岸上。俊明則繼續他的實驗。

過完年，村裡便瀰漫媽祖出巡的熱鬧氣氛。

廟前擠滿人，紅燈籠自廟前掛出，一串串連到路前方，火珠圖於牌坊上燃燒，青龍及白虎威猛地圍繞，媽祖於信徒護衛中坐上鑾轎，頭旗先發，金黃與豔紅色人群陸續加入。

村長率隊前往，加進浩蕩的長征隊伍，仰伯與坤叔夾在人群當中，阿好姨的嗓門隨行。鑼聲響，長串鞭炮排列路上，虔敬的心怦怦跳，四方而來的腳步匯集向前方——匡鏜匡鏜，脆鑼時緩時急，媽祖的行腳飄忽不定，海潮於右方起湧，車陣隨行，斗笠晃動，臺灣紅花彩及布袋戲木偶也被舉在肩膀一路跟行。

「仰伯，恁小煌馬上就要去做兵啊，應該叫伊來走才對！」阿好姨好心提議。

「就是說啊！」旁人一聽覺得有理，轉頭見坤叔走在一旁，便想到他將要出嫁的女兒：「恁秀娟嘛應該要來走，有走有保庇，未來嘛會卡幸福！」

坤叔有些上氣不接下氣，一邊揮搖著斗笠：「免啦，少年仔沒閒，老的做代表嘛是同款！」

陽光迎面照來，坤叔與仰伯的臉上敷上一層亮彩，邊走邊講話，氣便喘了起來。人潮行走路上，隊伍越拉越長，黃衣人肩扛媽祖，喝喝賣力，極力維持腳步平穩。海線轉成內陸，鞭炮炸響，鑾駕從這村前往另一個莊院。機車賁賁響，轎車、貨車似如活動的護欄。鑼聲於喧鬧中指引前路，匡鐺匡鐺，眾聲如潮，媽祖鑾駕似船隻航行海上。人潮流上天橋，彷在雲間起湧，川流而下若百川匯流地上，霹靂啪啦，炮響鑽過鑾駕，信眾仆倒地面，祈求神靈降臨身上，炮聲、煙硝瀰漫，煙霧中，三太子戴著墨鏡踩著頑皮步履，顛顛搖搖從另一頭走將過來。七爺八爺穿著一身豔麗，搭乘敞篷車跟在後頭，頻頻回望中，仰伯於車陣中看見小煌，他一身暗紅夾克在車隊中走走停停，而在他後頭，俊明也載著秀娟一路地跟著。

車陣與人潮繼續往南，碎波堤前浪潮減小，竹筏安穩，浮木也緩和了神情。驀地仰伯衝向前，跪在媽祖鑾駕前面。

「仰伯！」眾人訝異地叫出聲。

只見仰伯雙手合十，頭磕地，激動地嚷喊著：「媽祖婆，求祢移駕去阮厝，幫助消災救難，醫治我的查某人！」

頭旗遲疑了一會兒便倏地轉向，跟著仰伯轉進他家巷子，車陣鑼聲暫停，人潮後退，鑾駕呼呼地往前，仰伯推開門對著門內呼喊：「月櫻，緊出來，看誰人來了！」

「誰人？」月櫻背微駝從廚房裡走出，見到仰伯，開口便質疑抱怨著：「阿彬，你今仔日哪會閣遮彌仔早？」說著將手上的魚提將起來：「你近來掠的魚哪會攏遮小尾？」

仰伯將魚接過來放一邊，扶著月櫻，「妳看，誰人來啊？」

月櫻見屋前擠了這樣多人，頓時緊張地想躲回屋內，仰伯拉她跪在鑾駕前，小煌跟著仰伯、月櫻一起跪拜，全家匍匐鑽過轎底下。

匡鐺匡鐺，鑾駕繼續，仰伯與小煌扶著月櫻回房，月櫻全身抖顫，半晌後昏昏睡著。

俊明停下機車，與秀娟加入步行隊伍。

「天上聖母——敕令——闔家平安」平安符交叉、自雲端到地上，也伏貼於每一個經過的角落，彌勒團及報馬仔在路前迎接，神轎班全力衝刺，三進三出衝進廟門。

「進喔！進喔！進喔！」的呼喊響徹雲霄，信徒雙手高舉，捧著媽祖經過天公爐，將媽祖請入廟正殿的神龕內安座。

隔天，開路鑼敲響，炮屑鋪地，護衛執士的法器車跟行，大隊開始回程長征，遮陽傘下環繞著彩線，輦轎盡出，炮仗陸續點燃，花束更新，八人大轎起駕，媽祖風光回廟。

月櫻昏睡了好幾天終於清醒，如往常一般蹲在前院翻菜乾。

仰伯提著釣具出門，月櫻的聲音從背後傳來：「沒代誌卡早轉來，毋通在外頭四界走！」

仰伯走向海邊，陽光照得他一身暖熱。一到堤防，坤叔已佔定位置，蹲在冰桶前拌餌粉。仰伯同樣將身體拉成長弓，咻一聲，假餌連著鉛錘便擲進海裡。風平浪寂，浮標棲停海面，突然，兩條巨浪經過，浮標搖搖晃晃。抬頭看，原來是俊明與小煌乘坐電動竹筏經過，正對著堤岸這頭揮手。

竹筏泊停於人工浮魚礁附近，俊明與小煌穿著潛水裝備潛進海裡，只見那一根根橫放的浮魚礁生出深綠色青苔，綠藻從縫裡鑽出，鐵板穿上地衣，水泥石柱也披著厚厚的養分。俊明他們在浮魚礁中穿梭，細心察看生命的滋生——海底蟲攀附礁岩，隨著水流蠕蠕漂動，小蝦和貝類也藏匿海藻當中。小煌清楚見著那一對對明亮的眼睛，魚礁周圍出現底棲魚及貝介類身影，洄游魚群也在浮魚礁間若隱若現，一股新生氣息正在蔓延……

小煌和俊明興奮爬回竹筏，兩人擊掌歡呼，並對著岸邊大喊著：「魚回來了！海又活過來了！」

海水晃動，水流又再活絡，這一頭仰伯與坤叔也甩竿甩得起勁。

大紅囍字張貼出來，秀娟穿著白紗與俊明攜手步出巷子，於眾人簇擁中走往港前的喜筵。

「恭喜恭喜真恭喜，新郎才華了不起，新娘賢慧通鄉里，兩人速配無地比。」

好話如珠自阿好姨的嘴裡說出，鞭炮聲霹靂啪啦，海水流動，歡鬧聲中，彷見海中魚一隻隻跳出，登上桌成為佳餚。

乾杯——乾！

仰伯與坤叔兩人興高采烈地划起拳。月櫻挾起一大塊魚肉，拚命要小煌多吃點。

白海豚微笑露臉，跳躍寬闊海上，媽祖廟前，一環環香火燃燒圓滿……

國家圖書館出版品預行編目資料

港邊少年 / 方秋停著. --初版. -- 臺中市 : 晨星, 2015.04

208面 ;　公分. -- (晨星文學館 ; 55)

ISBN 978-986-177-977-5(平裝)

857.7　　104001096

晨星文學館 55

港邊少年

作者　方秋停
主編　徐惠雅
校對　方秋停、徐惠雅、沈詠潔
內頁美術　王志峯

創辦人　陳銘民
發行所　晨星出版有限公司
台中市407工業區30路1號
TEL：(04)2359-5820　FAX：(04)2355-0581
E-mail: service@morningstar.com.tw
http://www.morningstar.com.tw
行政院新聞局局版台業字第2500號
法律顧問　陳思成律師
初版　西元2015年4月30日

郵政劃撥　22326758（晨星出版有限公司）
讀者服務專線　（04）23595819＃230
印刷　上好印刷股份有限公司

**定價280元**

ISBN 978-986-177-977-5
Published by Morning Star Publishing Inc.
Printed in Taiwan

# ◆讀者回函卡◆

**以下資料或許太過繁瑣，但卻是我們瞭解您的唯一途徑，**

**誠摯期待能與您在下一本書中相逢，讓我們一起從閱讀中尋找樂趣吧！**

姓名：＿＿＿＿＿＿＿＿＿＿ 性別：□ 男 □ 女 生日： / /

教育程度：＿＿＿＿＿＿＿＿

職業：□ 學生 □ 教師□ 內勤職員 □ 家庭主婦

□ 企業主管 □ 服務業 □ 製造業□ 醫藥護理

□ 軍警 □ 資訊業 □ 銷售業務 □ 其他＿＿＿＿＿＿＿＿

E-mail：＿＿＿＿＿＿＿＿＿＿＿＿＿＿＿＿ 聯絡電話：＿＿＿＿＿＿＿＿＿＿＿＿

聯絡地址：□□□＿＿＿＿＿＿＿＿＿＿＿＿＿＿＿＿＿＿＿＿＿＿＿＿＿＿

**購買書名**：《港邊少年》

· **誘使您購買此書的原因**？

□ 於＿＿＿＿＿＿ 書店尋找新知時 □ 看＿＿＿＿＿＿ 報時瞄到 □ 受海報或文案吸引

□ 翻閱＿＿＿＿＿＿＿＿ 雜誌時 □ 親朋好友拍胸脯保證 □＿＿＿＿ 電台DJ熱情推薦

□電子報的新書資訊看起來很有趣 □對晨星自然FB的分享有興趣 □瀏覽晨星網站時看到的

□ 其他編輯萬萬想不到的過程：＿＿＿＿＿＿＿＿＿＿＿＿＿＿＿＿＿＿＿＿＿＿

· **本書中最吸引您的是哪一篇文章或哪一段話呢?**＿＿＿＿＿＿＿＿＿＿＿＿＿＿＿＿

· **請您為本書評分，請填代號：1. 很滿意 2. ok啦! 3. 尚可 4. 需改進**。

□ 封面設計＿＿＿＿ □尺寸規格＿＿＿＿ □版面編排＿＿＿＿ □字體大小＿＿＿＿

□ 內容＿＿＿＿＿＿ □文 / 譯筆＿＿＿＿ □其他建議＿＿＿＿

· **下列書系出版品中，哪個題材最能引起您的興趣呢?**

台灣自然圖鑑：□植物 □哺乳類 □魚類 □鳥類 □蝴蝶 □昆蟲 □爬蟲類 □其他＿＿＿＿

飼養&觀察：□植物 □哺乳類 □魚類 □鳥類 □蝴蝶 □昆蟲 □爬蟲類 □其他＿＿＿＿

台灣地圖：□自然 □昆蟲 □兩棲動物 □地形 □人文 □其他＿＿＿＿＿＿＿＿＿＿＿＿

自然公園：□自然文學 □環境關懷 □環境議題 □自然觀點 □人物傳記 □其他＿＿＿＿＿

生態館：□植物生態 □動物生態 □生態攝影 □地形景觀 □其他＿＿＿＿＿＿＿＿＿＿

台灣原住民文學：□史地 □傳記 □宗教祭典 □文化 □傳說 □音樂 □其他＿＿＿＿＿＿

自然生活家：□自然風DIY手作 □登山 □園藝 □觀星 □其他＿＿＿＿＿＿＿＿＿＿＿

· **除上述系列外，您還希望編輯們規畫哪些和自然人文題材有關的書籍呢?**＿＿＿＿＿＿

· **您最常到哪個通路購買書籍呢? □博客來 □誠品書店 □金石堂 □其他**＿＿＿＿＿＿＿

很高興您選擇了晨星出版社，陪伴您一同享受閱讀及學習的樂趣。只要您將此回函郵寄回本社，或傳真至（04）2355-0581，我們將不定期提供最新的出版及優惠訊息給您，謝謝！若行有餘力，也請不吝賜教，好讓我們可以出版更多更好的書！

· **其他意見**：＿＿＿＿＿＿＿＿＿＿＿＿＿＿＿＿＿＿＿＿＿＿＿＿＿＿＿＿＿＿＿

晨星出版有限公司 編輯群，感謝您！

請填妥對折裝訂，直接投郵即可，免貼郵票

| 廣告回函 |
| --- |
| 台灣中區郵政管理局 |
| 登記證第267號 |
| 免貼郵票 |

407
台中市工業區30路1號
# 晨星出版有限公司

請沿虛線摺下裝訂，謝謝!

## 更方便的購書方式：

1 網站：http://www.morningstar.com.tw
2 郵政劃撥 帳號：22326758
戶名：晨星出版有限公司
請於通信欄中註明欲購買之書名及數量
3 電話訂購：如為大量團購可直接撥客服專線洽詢

◎ 如需詳細書目可上網查詢或來電索取。
◎ 客服專線：04-23595819#230 傳真：04-23597123
◎ 客戶信箱：service@morningstar.com.tw